CH00406540

Les petits bonheurs de Louise…

Roman

Jean-Pierre Guffens

Avant-propos,

Je ne m'appelle pas Marie-Miséricorde. C'est Louise qui m'a « baptisée » comme cela à la clinique... Je suis tout le contraire d'une Marie-Miséricorde, vraiment tout son contraire... Pas comme Louise, qui elle, sentait bon la parfaite enfant, emballée de papier soie et de tendresse... Une image pieuse glissée, par pure méchanceté, dans mon anti-missel... Tout ennuyée, qu'elle était, ma Louise, de sa beauté et de sa gentillesse... C'était avant... J'ai mis le verbe à l'imparfait. Je sais pourquoi...

Elle disait amen ou merci à tout... Même si, pendant l'Eucharistie, elle détestait que le père Stanislas lui bénisse le front d'une petite croix, elle disait amen. Et redisais amen après avoir reçu le Saint Sacrement sur la langue. Avec ses grands yeux clairs battant des cils et ses petites mains bien jointes et bien sages sous l'immaculé lin du banc de communion...

Une emmurée vivante, ma Louise...

Cela aussi, c'était avant... Aujourd'hui, si elle met un pied dans une église, ma Louise, c'est pour aller y piller les troncs...Ou cracher dans les travées... Ou faire son signe de croix à l'envers... Le chemin de sa renaissance, de sa conversion a été long...

Pourtant, ce matin, dans cette cuisine, je sais bien que ma Louise est encore fâchée sur moi... Elle fait semblant de ne pas me voir, évite mon regard... Mais ce long frisson qui a parcouru sa peau, sa bouche, ses yeux, en me voyant, a le goût du pardon

....

Je sais que, à la clinique, toi aussi, tu aurais voulu partir avec moi. Fuir ces odeurs d'éther et de messe... Fuir ces deux nonnes qui hurlent d'effroi en nous voyant ce matin-là...

Moi aussi, j'aurais aimé garder ma main dans la tienne, ou me réchauffer la tête sur ton ventre... J'avais si froid... T'emporter avec moi, mon nez enfoui dans ton cou, mes doigts déjà blanchis enroulés dans tes restes de cheveux. Mais je ne pouvais pas encore... Pas ce matin-là... Tu sentais trop la vie, ma petite Louise, pour retourner avec moi dans le Grand Chaos ... Tu devais rester...

Et les nones sont venues te chercher. D'un pas pressé et lourd de leurs grandes cornettes...Toutes effrayées de voir le péché de si près et recouvrant d'un drap, son odieuse nudité... ...

J'aurais voulu te retenir, les supplier quand elles ont poussé ton lit hors de la chambre, pour te laisser seule dans le fond du couloir. Loin de moi... Mais de ma poitrine, pas un souffle n'est sorti et de ma bouche, pas un cri. Même pas une larme pour gonfler mes yeux vides... Je n'ai pu que t'entendre pleurer et crier, ma Louise. Hurler mon nom comme une hystérique... Me maudire de te laisser là, toute seule. En enfer...

Tu vois bien, ma Louise, que tu n'aurais jamais dû m'appeler Marie-Miséricorde...

Et puis, j'ai reconnu le pas énervé du médecin arrivant près de toi. En pestant, en jurant... J'ai deviné les grosses sangles de cuir t'attacher aux barreaux du lit, le bâillon de coton entraver ta bouche... Tes ongles labourant ses bras... J'ai trop connu tout cela... Après je n'ai plus rien entendu. Et je suis partie...

Abandonnant ma petite soeur... Emportant ma lâcheté...

Prologue

Louise, rue de Cussy à Caen

« L'agréable perspective d'un veuvage précoce soutient le courage de beaucoup d'épouses... »

John Gay

Samedi, 30 octobre 1954,

Dans cette petite cuisine surchauffée, Louise regarde son papa, mi-étonnée, mi-agacée ... Son papa qui vient de s'effondrer sur le sol. Devant elle, comme ça... Pour une fois que Louise pouvait prendre son temps pour le boire ce café ... Hier, elle a prévenu sa patronne qu'elle aurait un chouia de retard.

Son père, laborieusement penché sur sa bien-aimée pierre à aiguiser. Appliqué, et buvotant avec bruit son café tout en réaffutant ses petits couteaux. Pour ensuite les compasser avec soin, dans un vieux torchon Vichy. Un mégot de gauloise tire-bouchonne ses dernières volutes sur le bord de la table... Cela fera une marque de brûlé en plus sur le formica... Sa Monique de femme va râler...

Nous sommes samedi, le papa doit aller aux cochons... Il va avoir du retard... Une bête à faire, comme il dit, à Louvigny... Et râlant sur cet infect café...

Le papa de Louise a arrêté de siffler pour mieux s'écrouler. Tant mieux. Louise déteste quand il siffle... C'est vulgaire. Enervant même. La chaise aussi tombe, avec beaucoup de bruit, elle. Une chaise en tube qui devait faire sa maligne, son intéressante. Sans dignité aucune....

....

La maman de Louise, elle, est partie au marché depuis vingt bonnes minutes, comme tous les samedis, rue de Bayeux. Aujourd'hui elle voulait passer au cimetière. Cette année, le premier tombe un lundi, et avec le beau temps, il y aura trop de monde sur les tombes ce dimanche. Ses parents ne diront rien si elle vient les visiter trop tôt.

....

Son mari, lui, à terre dans la cuisine, est pris de convulsions, il tremble d'une jambe. Il a mal aux côtes, au bras, ne sait plus bien respirer. Il demande ses médicaments, les réclame.

- - Les rouges, sur le buffet, avec un verre d'eau...

Ses poumons cherchent de l'air, ses bras un autre bras, un soutien. Son visage se tord, grimace, déformé par la douleur... Une vilaine gargouille tombée d'une cathédrale.

- - Dépêche-toi, Louise... avec de l'eau... Sur le buffet...

Il parle avec difficulté, cherche ses mots. « Buffet » ne vient pas tout de suite... Il souffle... Il se répète... Il se fâcherait même... Mais Louise ne répond pas. Louise se contente de pousser la table et l'autre chaise, le privant d'un éventuel appui. Ou pour agrandir son petit théâtre de marionnettes. En matinée, aujourd'hui, on donne « Délivrance »... Pour une seule et unique représentation... Louise s'est à nouveau assise, contente d'être au premier rang... Guignol, écrasé sur le carrelage, continue ses grimaces… Il n’a pas attendu le lever de rideau. C’est vilain…

….

Louise s’en voudrait de le priver de son rendez-vous. Elle aurait l’impression de lui voler quelque chose, à son papa. Celui-ci pourrait même le lui reprocher plus tard. Pire, lui en être redevable. Il ne le supporterait pas. Elle non plus. A juste titre, d’ailleurs. C’est sa mort à lui, après tout. Qu’il se débrouille avec elle.

Et c’est celle-ci, justement, qui se glisse, nue et froide, avec ses grands yeux d’aveugle, sous le tablier du boucher. Reniflant déjà des odeurs d’humus, de cèpes écrasés, de putréfaction à venir. Comme une épouse trop souvent délaissée qui cherche des parfums de volupté dans le cou de l’infidèle. Sa langue se rafraîchit de moiteurs encore tièdes. Elle lui murmure à l’oreille qu’il peut s’arrêter de trembler. Qu’il ne doit plus avoir peur, que maintenant, elle est là pour lui, rien que pour lui. Au travers de ces amours, tourmentés, incestueux, d’une mort avec sa vie.

L’enserrant de ses lourdes cuisses, la peau lisse et blanche de son ventre sur le torse gras et suant du transi. Se réchauffant une dernière fois de sa vie. Mais hélas, elle amoure sans retour, vie lui résiste. Pire, vie ne l’aime pas. Cela l’agace un peu, la pauvre... De rares borborygmes bruissent de la bouche de guignol. Les voyelles et les consonnes semblent avoir déserté son larynx.

La camarde a vidé le boucher de ses lettres pour mieux se nourrir de ses maux. Peut-être éructe-t-il des regrets, des remords. Qu’il sera gentil, maintenant. Qu’il a peur. Peur de partir. Tout le monde s’en fout. Personne ne l’entend… La mort elle-même, qui se presse lentement, ne l’écoute plus… Elle, elle aimerait plutôt entendre des os se fendiller, se craqueler doucement sous sa pression, écouter ses poumons s'affoler. Elle aimerait se divertir du parfum âcre et ammoniaqué d'une mixtion, enfin libérée. Tout signes que désormais il ne lui échappera plus, qu'il lui appartient… Qu'elle pourra enfin jouir de lui, sur lui.

Mais guignol a bougé sa tête. Ses yeux déjà ternes s'éclairent un moment.

Il appelle sa femme, ….onique, ….ique…Il crie maintenant.

Mais Monique doit être au marché couvert, chez la fleuriste à bavasser du « beau temps pour la Toussaint, n'est-ce pas ? ». Et Monique ne l'entend pas.

Louise, elle, écoute le transi en souriant. Proust parlerait alors d'une petite madeleine….

….

C'est ce même type, là à terre, qui la traite comme un chien, comme la dernière des dernières depuis cinq ans. Pas une semaine sans se faire traiter de petite putain. De coureuse. De salope. Avec toujours du mépris. De la bave. Comme si elle avait inventé son histoire de toutes pièces. Le déni le plus total, le plus barbare.

Pourtant, il était là quand elle est rentrée à la maison ce soir-là, brisée en mille morceaux, la robe déchirée et souillée de sang, de sperme et de terre, le visage bouffi de larmes. Il n'a pas eu un mot. Non, seulement de la gêne dans le regard, du mépris pour cette stupide fille. Stupide fille qui devient vite une putain de fille. Putain de fille qui déshonorait son père, maintenant.

« Il n'a jamais eu que des emmerdes avec cette cinglée », dit-il finalement. Requiem pour une gamine de quatorze ans…

….

C'est cette même bave qui, ce matin, lui coule de ses lèvres. Il gémit, éructe quelques sons, doucement. Louise reste assise. Le chat, lui, est venu se réfugier sur ses genoux. Le chat n'est pas anxieux. Il sait que l'homme, par terre, a rencontré Seth, ou Hadès, enfin Celui ou Celle qui voudra bien lui assurer ou non son grand passage, et qu'il va se soumettre. Une chose semble certaine pour le chat, ce n'est pas Louise qui lui glissera l'obole dans la bouche pour payer son grand voyage… Qu'il aille se faire foutre… Sa jambe a d'ailleurs arrêté de frotter le carrelage… Un nuancé de gris et de blancs marbre son visage. Sa barbe mal rasée souligne sa laideur. Comme si besoin en était encore…

….

Le docteur lui avait dit. Sa prochaine attaque lui sera fatale. Sa troisième en deux ans. Il a continué à n'en faire qu'à sa tête, cigarettes blondes et viandes rouges grignotées, crues, dans l'atelier de charcuterie où il travaille. Et le ou les coups de Calva pour faire passer le tout. En plus de ses samedis dans les fermes, à tuer, découper le « pôôôrc », comme il disait. Et encore boire le petit coup. Il pouvait rentrer complètement pété. Abruti par la gnole. Mauvais comme une teigne. Comme ce samedi où il est rentré à pas d'heure d'une ferme pour sortir sa femme du lit à coups de poings, à coups de pieds et l'obliger à préparer à manger. En lui criant dessus comme un cinglé… Pour Louise c'en était de trop… Sa maman ne méritait plus de rester en enfer…

….

La maman de Louise ne rentrera pas avant onze heures, voire midi. Plus tard encore, si elle passe chez Monsieur le curé. Lui demander une messe pour sa maman…

Messe basse souvent célébrée et chantée dans la sacristie. Sur le long coffre en châtaigner abritant les magnifiques robes liturgiques. Le père Stanislas prend toujours soin de fermer la double-porte de la sacristie. Que le grand Christ, oublié sur sa croix et qui s'ennuie, n'entende rien. Ou fasse semblant de ne rien entendre. Il n'y a que la croix qui soit en bois.

Seulement alors, Père Stanislas pourra ouvrir son livre de prières sur le dos de la pêcheresse. Toujours à la même page du « Confiteor Deo ». Le repentant nous vient de Lituanie, fille aînée de la Baltique, et il tient à cet orthodoxe opus. Pour, dit-il, rendre un peu de sacré dans cette scène champêtre. Relier le spirituel au temporel ou alors, tracer un chemin entre Condom et Chartre.

« dimissis peccatis tuis »… Pardonnez-nous nos péchés….

…..

Monique fait l'amour comme la Marquise de Montespan, avec frénésie et passion.

La transgression de tous ces interdits laisse souvent des écumes de tempêtes dans les affriolantes dentelles de ces quarantenaires rugissantes.

Mea Culpa, Mea Culpa… Père Stanislas, lui, en est déjà à l'Oremus… Il lit vraiment trop vite pour Monique… Une fois de plus, elle le soupçonne d'avoir « oublié » de réciter la moitié des Saints Martyrs pour venir au plus vite martyriser les siens…

….

Dans la cuisine familiale, fille et père, eux, prennent leur temps. Ici, il fait calme. On ne doit pas se précipiter, l'enfer ne va pas s'éteindre. Les harpies veillent à le pourvoir en âmes sèches et maudites. Et ils n'en manquent pas, Dieu merci. Des maris et pères brutaux ou assassins aux mères abandonniques, les fournées se suivent...

Louise, elle, est heureuse, comblée, avec un bête sourire à la Mona Lisa collé sur la figure. Sur son reste de figure.

Elle le regardera jusqu'au bout, rattrapant son regard quand celui-ci veut fuir. Posant ses yeux dans les siens. Des yeux qui s'éteignent, qui lentement se matifient. Seules les mains du transi ruissellent encore de quelques tremblements, tandis que celles de Louise frissonnent de plaisir. Des picotements lui parcourent les jambes, le ventre, les seins. Les libellules si joliment imprimées sur sa chemise de nuit se sont invitées sans pudeur aucune sur ses lèvres… Elles virevoltent… Louise a fermé les yeux…

Elle a très chaud maintenant. Lui, il ne bouge plus, ne respire plus. Le silence a repris toute sa place. Un silence apaisant. Le carrelage est mouillé.

« De peu de chose, le voilà rien. », aurait dit Victor Hugo.

Cela restera la dernière image de son père, une grande carcasse allongée dans son urine. De son pied, Louise lui soulève une jambe, puis un bras. Ils sont désarticulés, sans réactions et retombent sur le sol dans un bruit mat. Tout est allé trop vite, elle est un peu déçue.

….

Louise aura pris le temps de rincer le bol coupable. De vider le vieux moulin à café et de le nettoyer... Le petit verre de calva est encore posé à côté. Le maintenant trépassé n'a eu que le temps d'y toucher. Louise en boit une petite lampée… Pour sa peine… Son café est dans l'évier, sa tasse dans l'armoire, son sourire sur ses lèvres…

…

A Louvigny, un cochon ne sait pas qu'il doit la vie à Louise. Cette année, il n'y aura pas de boudins à la Toussaint dans la ferme des Schoenen…

Le docteur avait raison. Le troisième sera fatal… Même s'il a fallu l'aider un peu… Pour son bien à lui, il souffrait trop d'être méchant et brutal… Louise en est sûre…

Normalement, c'est une si gentille fille…

….

Elle remonte alors les escaliers. Avec son chat dans les bras, pour qu'il ne patauge pas bêtement dans la pisse. Qu'il n'en mette pas partout. Surtout pas dans sa chambre.

Sur son lit, elle s'étire, s'oublie. Du bout des doigts, du bout des lèvres. Les draps se froissent, se mouillent de ses soyeux abandons. Orgasme de pacotille. Son vrai plaisir, Louise, l'a eu en bas. Sur les carreaux de ciment de la cuisine. Délivrance.

Maintenant, elle a besoin d'air. Besoin d'aller bosser. Sa patronne l'attend. Louise s'habille, dégringole les escaliers. Le chat restera dans sa chambre. Pour surveiller les libellules qui elles, sèchent leurs ailes sur le rebord de la fenêtre.

Elle s'étonne que la porte de la rue ne soit pas bien fermée. Elle la claque derrière elle.

….

Monique,

J'ai oublié mon porte-monnaie à la maison. Il a fallu que je sois plantée là, comme une gourde, devant les potées de chrysanthèmes, pour m'en rendre compte. Qui n'a pas de tête, a des jambes… Du marché Saint-Sauveur à la maison, une demi-heure de marche. Heureusement, il fait beau temps, juste quelques nuages duveteux. Et un beau soleil de Toussaint qui chauffe l'arthrose de mon cou. Cela me fait un bien fou.

….

A peine la porte du corridor poussée, je vois le Mathieu à terre dans la cuisine, près du buffet. Louise, elle, je la devine assise, tranquillement près de la table. Je ne vois que ses pieds, une partie de sa jambe et de son bras.

Je comprends la situation. Je l'ai vécue voilà quelques semaines, dans notre chambre. Un dimanche, il avait bu, trop bu et est tombé près du lit.

Une « attaque », a dit le docteur Grosjean. Pourquoi je suis allé le chercher celui-là ?? Je suis vraiment une demeurée… Une attaque… Il n'a pas expliqué et a simplement montré la place du cœur avec sa main… Il m'a vraiment prise pour une conne… Mathieu partira avec un AVC, une congestion cérébrale ou un truc comme çà… Comme ma mère après le suicide du père.

…

Aujourd'hui, sur le seuil, je reste sans réaction, tétanisée. Il m'a vue et essayée de m'appeler par mon prénom. « ….onique, ….ique… » Je croyais qu'il l'avait oublié… La « chose » a un morceau de nom maintenant. Tout juste, si depuis des années, il ne me sifflait pas… Il essaye même de jurer. Je le devine au rictus de sa bouche.

En silence, j'observe Louise qui ne bouge pas, elle ne m'a pas entendue, le chat est sur ses genoux. Je le sais. S'il ne vient pas me dire bonjour, c'est qu'il est avec Louise. Je regarde son chausson rose qu'elle balance mollement du bout de son gros orteil. Avec ses ongles de pieds vernis en rouge. A vingt centimètres du nez de Mathieu. Pour le narguer. Il ne supporte pas les ongles vernis. Un truc de putain, qu'il dit. Qu'il disait. J'ai regardé Mathieu une dernière fois et je lui ai souri. Une dernière fois aussi.

J'ai refermé la porte doucement. Ne pas la claquer. Et je suis repartie sans mon porte-monnaie. Pour me promener. Aller au cimetière Saint Gabriel, le chrysanthème pour maman attendra... Je pourrais déjà lui dire à maman, pour Mathieu. Lui promettre de le faire enterrer ailleurs. Je demanderai qu'il aille rue Clémenceau. Ou au cimetière de Vaucelles. Qu'il ne vienne surtout pas l'emmerder ici. Promis. Vaucelles, c'est loin de la maison. Je m'en fous, je n'irai jamais le voir. Louise encore moins.

Maintenant, je dois réfléchir… A l'après aujourd'hui… A l'après connard. La première chose à faire sera de m'acheter un beau vernis à ongles, je demanderai conseil à Louise, et, bien sûr, une belle robe noire pour l'enterrement. J'en ai justement vu une magnifique rue des Alliés, la semaine passée. Prémonition ? Un décolleté un peu grand sans doute, mais je pourrai y coudre une petite voilette pour la cérémonie. Il m'en reste. Enfin, peut-être. Si j'ai le temps. Le noir me va si bien. Le père Stanislas me le dit souvent. Et changer de coiffure. Je me verrais bien en blonde sexy, genre pin-up américaine. Ou en rousse incendiaire. Je le ferai après l'enterrement. Pour ne pas choquer la mère du si regretté défunt. Je dois être gentille avec elle, penser à Louise qui sera sa seule héritière. Que cette andouille ne donne pas tout à « SOS animaux en péril » ou à un refuge pour chats. Pour se venger de sa belle-fille qu'elle n'a jamais kiffé.

….

> C'était donc si grave, la haine de Louise. Dès sa naissance, Mathieu ne l'a jamais aimée, ou même supportée. Elle était pourtant si jolie… Peut-être ses yeux trop clairs ou ses cheveux trop blonds… Les Alvarez, eux, nous viennent, après bien des détours, de Castille…Ils ne roulent plus les « R » avec langueur, mais leurs cheveux sont restés très noirs…

Quand Louise a eu huit ans et qu'il a eu des « gestes déplacés » sur elle, je n'ai rien dit. Ou si peu. Qu'il devait arrêter. J'ai hurlé qu'il pouvait aller aux putes. Que je m'en foutais pas mal, s'il allait aux putes. Tant qu'il laissait ma petite tranquille que j'ai crié. Il a eu un rire mauvais et m'a giflée pour me calmer. Et puis, j'ai si peur de ses couteaux. De ses coups de rote quand il a bu, mais surtout de ces saletés de petits couteaux. Il coupe des feuilles de papier pour me montrer... J'entends encore le bruit. SHIIIT… SHIIITT… De vrais rasoirs. Pour me faire peur, pour me narguer… Un nazi… Mais il n'a plus touché à ma fille…

Ou alors, j'ai fait semblant de ne plus rien voir. De ne pas entendre pleurer ma Louise, dans le fond de son lit. J'ai voulu partir. Avec elle. Trop tard. Je suis restée avec lui par peur, par lâcheté aussi, pour garder mon petit confort. Je disais hypocritement « notre confort », à Louise et à moi, alors que je ne pensais qu'au mien… Et pour aller où d'ailleurs ? Tous les sous de l'héritage de maman, il me les a pris. J'ai juste pu m'acheter une lessiveuse électrique. Une semi-automatique… Alors, pour me louer un appartement… Il me faudrait aller sur Rouen. Mais même là, il n'y a rien à louer. Tout est à reconstruire. A Rouen comme ailleurs… Et trouver l'argent de la caution… Travailler, faire des ménages… Et le laisser habiter dans la maison de bonne-maman, dans ma maison. Même le notaire sera de son côté. Du côté des hommes. Je perdrai tout… Abandon du domicile conjugal… Je me suis renseignée…

….

Je me suis réfugiée dans la soumission la plus sourde, même après « l'accident » de Louise, il y a quatre ans déjà. C'est seulement aujourd'hui que je peux mettre un nom sur ce qu'elle a subi en allant à l'Eden, un viol. Sur le moment, je n'ai rien compris dans ses larmes, dans sa douleur infinie… Je croyais qu'elle en faisait trop. J'ai été dépassée, complètement dépassée par cette souffrance que je n'arrivais pas à comprendre. Encore moins à faire mienne ou à lui partager. Pas même des miettes, je n'ai rien pris de ses coups, rien bu de ses larmes. Si seulement je lui en avais séché quelques-unes, au moins une…

Puis, il y a eu sa crise, à ma Louise…

Chapitre 1

Ales, Mardi 27 octobre 1972,

« Tu m'as trouvé comme un caillou que l'on ramasse sur la plage. Comme un bizarre objet perdu dont nul ne peut dire l'usage »

Louis Aragon

Tom

Tu m'as appelé Tom. Aucun autre prénom ne viendra alourdir cet acte d'état-civil. Une série de pointillés comme patronyme. Ce matin, lors de la déclaration de naissance à la clinique, tu n'as pas voulu que le médecin délégué appose la mention « Inconnu ». Ton éternel souci d'imposer ta vérité.

Selon le calendrier républicain, tu m'as fait découvrir le monde et ces horribles lampes opératoires, un 6 Brumaire, fête de l'héliotrope, une jolie fleur bleue qui, comme le tournesol, regarde toujours vers le soleil. Un scorpion ascendant Soleil, qui se réchauffe sur ton ventre.

....

Je suis devenu, bien malgré moi, une clef.

Une clef unique et assez tarabiscotée pour ouvrir ou fermer un tas de petits tiroirs, coffrets ou boites à musique toutes simples. Toutes jetées un peu n'importe comment dans ta tête. Je n'en ouvrirai que quelques-uns, quelques-unes. Si on m'en laisse le temps. Beaucoup sont trop abîmés par tes larmes, tes doutes ou tes humeurs, esquintés par tes angoisses ou tes folies. Tu es ma « vénus aux tiroirs », mais avec ces foutus tiroirs coincés dans ta tête, Dali n'aurait jamais su les peindre.

....

Tu n'as pas quinze ans et tu commences déjà ta comédie. Tes comédies. Que tu te croyais condamnée. Que tu allais mourir. Que tu irais au paradis, évidemment. Crise mystique propre à l'adolescence… Tu serais une espèce de « Sainte Thérèse » des cévennes déposée là, sur un lit de roses, toutes répandues autour de ta belle robe de mousseline blanche… Un chapelet d'olivier croisé dans tes fins doigts…

Restes traumatiques d'une visite médicale dans un grand hôpital de Marseille…

Presqu'une visite de routine. On voulait simplement savoir si tout était bien raccordé dans ta tête. Si par un pur hasard, un éclat d'obus de la guerre de Crimée, ne se serait pas tombé dans ton cerveau. On voulait tout aussi simplement comprendre l'origine de tes lubies, de tes crises d'angoisse, de tes cris, de ton caractère imbuvable... Ce n'était pas ta première excursion médicale à Marseille… Les six-cent quarante-deux psychologues, répertoriés dans la cité phocéenne t'ont écoutée avec patience. En pure perte…

Pourtant, ce jour-là, à l'hôpital de la Timone à Marseille, ils ne t'ont rien dit de spécial. Le radiologue t'a fait passer dans leurs toutes nouvelles machines d'imagerie médicale. Seul, le doux ronflement des moteurs répondait à tes questions. Un radiologue n'est jamais bavard… Un radiologue bougonne… Un peu comme un hibou, mais qui lui, bouboule… Ni l'un, ni l'autre n'ont besoin de parler… Ils savent ce qu'il y a à faire et le font souvent très bien. Parfois, l'un des deux pose un doigt sur une radio, avec un mouvement du bec suivi d'un « Râä » guttural, Râä que le non-initié, le vulgum, celui qui sait rien, traduira en « là » ou « ça »…

Il faudra attendre le protocole médical de trois pages pour obtenir une traduction concise du « Rââ »… On y parle de cicatrices dues à un traumatisme ancien et de séquelles bénignes d'une commotion cérébrale. Rien de très meurtrier, jusqu'à présent...

Mais toi, bien sûr, tu as tout entendu. Tout traduit. Tout lu dans leurs regards baissés… Dans leurs silences… Encore combien de temps ? C'était inopérable. Trop de risques... Tu te hulules une petite musique de nuit…

….

Quatre ans plus tard, tu te moques de toi. Inhibée comme le sont ceux qui sont persuadés que leur temps est compté. Que chaque jour, la pâleur du matin retourne leur sablier de vie une dernière fois...

Tu n'as jamais lu « Le Temps Qui Passe » d'André Gide, mais toi aussi, tu exiges de ne plus gaspiller un seul bonbon de ceux qu'ils te resteraient. Tu voulais avoir un bébé à toi. A toi toute seule de préférence... Le plus vite possible. Et en profiter le plus longtemps possible.

….

Ce matin de mars, tu en est sûre. Il y a trop de retard. Un retard de quatre jours qui est bien trop bavard pour une horloge hormonale comme toi.

Tu as tenu presque trois jours entiers avant de faire un test. Savoir si tu l'étais vraiment… Ce dimanche-là, tu t'es levée à cinq heures du matin… Sans bruit…

Un test de « grand-mère sicilienne », disais-tu. Avec du gros sel. Du gros sel marin « La Baleine ». Prémonitoire, cette marque de sel. Trois bonnes pincées dans un verre rempli du pipi du matin. Important que ce soit le « pipi du matin ». Deux heures après, tout le sel est fondu, dissous. Test positif. Le lendemain, tu en as acheté un vrai. Un vrai test de grossesse à la pharmacie Michaut. Dix-huit francs. Loin du test à dix sous.

Il y a eu un avant ligne rouge et un après ligne rouge.

Et très vite, ces nausées tenaces… Les humeurs variables, tu les avais déjà. A chaque mal de tête. De plus en plus souvent… Très bruyantes aussi, avec des bruits de vaisselles cassées…

….

Dès ma première échographie, tu m'as baptisé « Pépin de Pomme ». En priant toutes les vierges Marie que je ne devienne pas Pépin le Bref. La peur s'était invitée. Tout naturellement. Cette peur imbécile chevillée au cœur des mères. Pas chez toutes, mais presque. Une angoisse tire-larmes névrotique qui ne les quittera plus jamais.

Aujourd'hui c'est l'angoisse que je ne retourne dans les abysses « avant ligne rouge ». C'est vrai qu'après six semaines bien au chaud dans ton ventre, je suis à peine plus gros qu'un « pépin de pomme. ». De l'entendre de ma propre mère, mon égo en a pris un coup. Déjà l'égo d'un mâle embouché …

Demain, ce sera la « Peur » que je ne m'achète une grosse moto Honda ou une Renault Alpine…. Entre ces deux angoisses, tous les arpèges pour former des accords. Harmoniques ou colériques selon les bleus azur d'une météo, le rouge cancre d'un bulletin ou plus simplement de l'humeur matriarcale.

Pépin de Pomme a vraiment intérêt à s'accrocher. Pas comme son géniteur, qui lui, a très vite décroché.

- Impossible, mon trésor, c'est beaucoup trop tôt. Et Ma thèse sur Camus ? Tu y as pensé à Ma Thèse ? On ira en Espagne ou en Belgique, je trouverai une adresse, qu'il a éructé. Tu ne peux pas le garder. Pas maintenant. Il crie presque.

….

Ses Camus et ses Zig et Puce, tu n'en avais plus rien à foutre depuis longtemps, et tu lui as dit… Tu lui as dit que tu en avais marre. Que finalement, il s'en sortirait certainement mieux tout seul. Qu'un bébé ça crie tout le temps. Qu'il n'aurait plus pu se concentrer sur ses grandes études. Et que de toute façon, tu n'étais même pas sûre que ce bébé soit de lui.

Cinq mois déjà que l'homo thésard, gesticulant devant toi, t'emmerdait avec sa thèse sur Camus. Toi, la journée, pour remplir le frigo, tu vends des fringues à deux balles chez Tati. Et lui, l'après-midi, bien peinard, qui fait semblant de scribouiller des pages sur Camus, qu'il comprend même pas. Et qu'il vide le frigo. Toi, les après-midis, tu aimerais bien dormir ou lire ou mieux encore, ne rien foutre… Cela valait bien un petit mensonge.

Très fâché. Très, très fâché. De « mon trésor », tu as été promue « grosse p… ». Le fâcheux devenu subitement grossier, a donc fourgué son « Brol et son Bazard » dans un grand sac et a pris la porte. En la démontant presque. Pour bien signifier à l'infidèle fornicatrice son juste et mâle courroux.

En claquant trop bruyamment cette porte, l'existentialiste a disparu de ta vie. De notre vie. Son absurdité aussi. Il était devenu un étranger pour moi, il l'est devenu pour nous deux.

….

Je serai ta seule musique. Seule et unique. Tu ne veux pas d'autres « pépins de pommes ».

La fratrie est barbare et cannibale, dis-tu. Elle se goinfre, se repait, se délecte, sinon des chairs, du moins des humeurs sororelles. Toutes, plus ou moins finement découpées par des couteaux qui jamais ne s'émousseront. Carpaccios de jalousie.

Tu ne le supporterais pas. Tu en as trop usé toi-même, de ces lames, sur ta petite sœur.

Avec ma naissance, tu as donc décidé de fermer ton col. Une sérieuse réfection de celui-ci, s'imposait, d'ailleurs. De ma faute, parait-il.

Au sortir de la salle d'accouchement, ce col et ses alentours ressemblaient plus à un champ d'épouvante. Waterloo, par ce brumeux matin du 19 juin 1815, vu du Mont Saint-Jean. Plaine encore fumante, chevaux éventrés labourant l'aube de leurs sabots. Odeurs de poudre, de sang et de chairs brûlées. L'Apocalypse vue par un autre Saint-Jean.

Loin, très loin de la sensualité suggérée par « la naissance de Vénus » de Botticelli.

Moi, perso, je n'ai fait que passer… Et de toute façon, je ne suis pas Vénus…

….

« Col impraticable », « Eboulements », « voie sans issue », seront donc affichés, placardés, bien en vue, dans ton entrée utérudienne. Avec, pour que l'on ne s'y fourvoie plus, deux petits clips qui, comme les oies du Capitole, te protégeront de païennes et vaines gauloiseries. Miserere pour deux trompes de Fallope. A réciter avant matines…

Faloperie de destin qui empêchera, à tout jamais, lavandières ou banquières, marchands ou manants, de franchir, bannières au vent, le fameux col de la fertilité. Et pour se présenter, un peu plus tard et benoitement, sur la ligne d'un test de grossesse. Avec ou sans le pipi du matin.

Pépin de Pomme restera donc impartagé, englouti et confi dans le sirop de ton amour. Les théories sur l'infernalité de l'enfant unique, tu les coucheras toi-même, mais plus tard, sur une partition.

Tu composeras pour un violoncelle ou pour une flûte traversière, un piano ou des orgues. Avec les notes, les croches, les blanches ou les silences. Et bien sûr, avec les soupirs retrouvés, tu composeras une petite musique de nuit à la Chopin ou une belle grosse tempête wagnérienne. Mais cet ensemble de notes aussi discordant et incongru qu'il sera, composera notre musique à nous deux. A moi, et surtout à toi, ma mère, qui est le commencement et surtout la fin de tout.

Pour la chorale, ton baryton, est maintenant là, trois kilos deux-cents grammes, que la musique commence…

….

A l'écart, sur un coté du parking gravillonné de la clinique, une grosse ambulance américaine vient de se stationner… Une jeune femme serrée dans un jean et un gros pull en sort pour se dégourdir les jambes. Le chauffeur, lui, fait quelques étirements, la route a été longue et il fait chaud… Un temps d'orage, c'est certain.

Louise jette un œil vers le deuxième étage du bâtiment et remonte dans l'ambulance. Ils ont une grosse demi-heure d'avance sur son rendez-vous. Elle va se perdre un peu dans ses mots-croisés… Si elle sait... Elle regarde encore une fois la carte du Fou. La carte du tarot, la numéro zéro des arcanes majeures… Carte puissante indiquant la pureté et l'innocence de l'enfant… Cette carte laisse présager des décisions difficiles et le début d'une nouvelle vie…

Elle n'a pas tout compris dans le message de Marie-Miséricorde sinon qu'elle va revoir Irina. Une Irina qui aura bien grandi. Presque dix ans sans nouvelle ou presque… Cette histoire de grand sac qu'elle va devoir récupérer, on verra après… Marie-Miséricorde va arriver…

Ses yeux n'en peuvent plus d'attendre…

CHAPITRE 2

« Certes, un rêve de beignet, c'est un rêve, pas un beignet. Mais un rêve de voyage, c'est déjà un voyage. »

Marek Halter

Dix ans plus tôt à Houlgate, Jeudi 10 mai 1962

Sylvie, 5 h 15 du matin

Cette nuit, Irina, tu as rêvé tout haut, comme on dit, un vraiment bête rêve.

.... Tu es là en bas, sur la plage du Temple. La marée, maintenant libérée de ses lunes, se glisse vers toi. Tu es assise bien sagement, sur le sable gris, le menton posé sur tes genoux, eux-mêmes serrés dans ta chemise de nuit. Tu m'as laissé seule, croyant que je dormais.

Des vaguelettes d'écumes viennent te lécher les pieds. Tes bras frissonnent. Tu as attendu, sans même le voir, le lever de soleil. A ce ciel, tu lui prends simplement ses couleurs. Ses violets comme ses roses ou ses blancs laiteux. Même ces cafardeux nuancés de gris, qui léchés sur la Tamise, viennent se faire oublier sur la Normandie. Ces pastels, tu les garderas dans le fond de tes yeux, pour pouvoir y revenir, plus tard, mouiller tes pinceaux, tes aquarelles et tes rêves.

Tu te lèves et tu continues à avancer…

Tu vas à la rencontre de Jonas. L'eau arrive maintenant à tes genoux, tu tiens ta liquette d'une main et toujours aucune baleine au bout de tes cils. Ni ce fameux Jonas qui aurait dû être rejeté ce matin, quelque part sur cette grande plage de sable. Après avoir, parait-t-il, passé trois jours dans le ventre d'une baleine pour avoir désobéi à Dieu… Tu as lâché ta chemisette, l'eau est maintenant bien au-dessus de ta taille. Elle est froide… Tu es toute légère et le sel qui pique tes lèvres a un petit goût de liberté.

Tu te réveilles, mais trop tard. Ta chemise de nuit est trempée… Ton drap aussi…

Il y a vraiment des histoires que l'on ne devrait pas faire lire aux enfants. Le grand livre de Jonas en fait partie.

Seuls quelques bouteilles en plastique et des morceaux de bois blancs blanchis de sel ont été balancés sur ce bout de sable.

En bas, une voiture s'est arrêtée. Le moteur continue de tourner, puis une portière claque sans bruit. Le moteur ronfle et la voiture repart…

Plus loin, une grosse barque de pêcheurs gîte, toute encastrée dans ses peintures vertes et rouges, presque immobile. Des goélands la suivent en clamant bêtement, comme toujours, et c'est à peu près tout. Quelques gros nuages, mais pas encore de pluie.

L'année dernière, pour ton anniversaire, ta mère t'a simplement dit que tu étais maintenant assez grande pour t'occuper de ton drap. Qu'elle en avait plus que ras le bol, de toi et de tes draps mouillés… Tu t'en souviens, tu n'es pas bien pressée de descendre…

Tu as froid. Tu me serres très fort…. Comme tes yeux… Pour qu'ils ne débordent pas…Tu as eu dix ans ce matin sur la plage du Temple…

….

Notre chambre, toute petite, a été aménagée dans une souspente. Elle est plus que rustique. Des plaques d'Unalit jaunies clouées sauvagement sur les solives font office de plafond. Quelques clous dépassent encore, repliés et tordus, mangés de rouille. Tu dois y faire attention. Le toit de la maison, emporté à la fin de guerre, a été réparé à grands renfort de tôles ondulées, de goudron, de bric et de broc. La crise du logement est réelle et il est heureux d'avoir un toit, même en tôles récupérées ou volées sur un hangar américain désaffecté. De grands dessins de Peter Pan et de sa fée Clochette essaient de l'égayer Toutes ces décorations et peintures ont été laissées là par les locataires précédents. Une minuscule fenêtre l'éclaire, découpée dans un navire corsaire. Il ne manque que le capitaine Crochet.

Nous sommes jeudi, et le jeudi l'épouvantable capitaine Crochet est parti.

Le matin, tu as ton petit rituel. Regarder la mer, quand le soleil s'en extirpe paresseusement. Cette mer qui selon toi pouvait tout faire. T'amener un prince charmant et ses baisers, ou une amie pour jouer à la marelle et qui elle, t'emportera au ciel, toi et ton caillou, en moins de quatre sauts.

Mais dans la grosse barque sur les vagues, tu sais déjà qu'il n'y a que du poisson…

Quant au Jonas de tes bêtes rêveries, il a été rejeté sur une plage en Syrie, ou quelque part par-là, mais pas aux Asnettes. C'est certain… Tu l'apprendras plus tard, comme beaucoup d'autres choses…

Dans la gouttière, deux friquets prennent leur bain, tranquillou, en toute impudeur, ils s'ébrouent, se secouent les plumes projetant de fines gouttelettes sur ton carreau.

Eux aussi, ils s'en foutent de ton anniversaire…

....

Tu es née à Toulon, en mai 1952, dans une jolie clinique privée, « Les Mimosas », sur les hauteurs de la rade. Ton père a encore un peu de sous à l'époque.

A ta naissance, bien avant son terme, la sage-femme t'a mise en couveuse. Pour t'en extirper quelques heures après, tu changeais de couleur et ton petit cœur s'affolait.

Cette sortie au grand air se justifiait pour t'administrer le Saint Sacrement du baptême.

Les bonnes sœurs ont craint que ton âme ne se perde dans ce grand foutoir des non baptisés. Le curé de la paroisse Saint-Pierre a été réquisitionné, comme d'habitude, ainsi qu'une infirmière, pour jouer à la marraine.

Une fois ton joli petit front recouvert du Saint Chrême, ton état de santé s'en est trouvé nettement amélioré. La résurrection sans les Pâques. Les mystères de la foi ou les vertus thérapeutiques du Saint chrême et de son huile d'olive. Première pression.

Ta nouvelle marraine, une soignante venue des Antilles, te cocole pendant ses nuits de garde. Tu as là ton plus beau cadeau de naissance. Et de baptême.

Cinq jours après ta naissance, Sonia Querjean, ta douce maman, estimant son amour incongru au-dessus d'une couveuse, a rapatrié et ses fesses et ses câlins à la maison. Il est, de toute façon exclu de te nourrir elle-même. Pour avoir, dit-elle, une poitrine qui ne ressemble plus à rien.

Nestlé et ses bataillons de boites de lait en poudre s'en occuperont.

Le temps que tu atteignes un poids convenable et que tu puisses sortir…

....

Ta marraine, elle, a eu un fils voilà six mois et te nourrit deux fois par nuit en t'apprenant des chansons créoles. Quand il y en a pour un, il y en a pour deux, dit-elle. Cela lui évite surtout une corvée biberon. Elle en profite aussi pour te raconter ses problèmes, ses tragédies à elle, mais toi, tu t'en fous. Tu l'écoutes et tu grossis.

A sa manière, la gentille antillaise a voulu te transmettre sa douceur en te chantant de jolies, mais trop tristes mélopées. En te prévenant aussi, assise à côté de la couveuse, que, comme fille, même si tu as la bonne couleur de peau, tu devras te battre. Encore et encore. Ses doigts venant frôler, caresser le fin duvet de ta joue. La musique de sa voix, venue des îles, pouvait t'apaiser, t'endormir. Te faire oublier le ronronnement des machines ou l'absence d'une mère....

Au sortir de la couveuse, les journées, tu les passes de bras en bras, les infirmières auraient voulu te changer ou te nourrir quarante fois par jour, tu n'as plus un moment à toi. De ta mère, les nouvelles sont rares, mais comme les factures sont encore payées, tu es un peu à l'hôtel ici...

Les soignantes ont même aménagé un coin rien que pour toi dans leur bureau de garde, avec ton minuscule lit blanc plein de peluches. Tu es la mascotte du régiment. Les médecins aussi viennent te voir plus souvent que nécessaire, en faisant évidemment de leur important devant les infirmières. L'air toujours un peu affairé et le stéthoscope mis négligemment en évidence. Que tu ne les tutoies quand même pas...

C'est avec un fusil d'assaut dans le dos et les mains sur la nuque que ta mère est venue te chercher à la clinique. Tu as alors presque quatre mois. Ton père n'a plus de sous, et les notes de la clinique s'accumulent. Un premier huissier de justice a même eu l'outrecuidance de lui rendre visite.

Vous déménagez très vite dans le nord, à Houlgate, pas loin de Caen. Les factures resteront impayées. Avec le reste de ses sous, ton père a préféré acheter une voiture. Une Citroën dite « la 11 légère ». Légère comme son honnêteté.

....

Ces premières années, sur la côte normande se sont écoulées doucement. Sonia, ta maman, s'est finalement prise d'une espèce d'attachement pour toi. Un peu comme on s'attacherait à un chat ou à une tortue. Les odeurs en moins.

....

Irina,

A l'époque, j'étais sa Reine. Maman me prenait avec elle, à la fromagerie, juchée ou plutôt arrimée dans un panier métallique sur le porte bagage de sa Motobécane bleue.

Dans l'atelier, elle me fourgue dans un coin sur une couverture à carreaux, avec ma Sylvie et une horrible tutte brune en bouche. Des paquets de cartons délimitent mon espace de vie, de jeu, pour découvrir mon univers.

Avec sa collègue, Louise, elles viennent me faire des grands coucous ou me piquer ma Sylvie pour m'entendre hurler. Puis Louise revient vite me rendre ma Sylvie et me faire de gros baisers sur les joues avant de filer avec son long tablier bleu, en riant comme une sotte. Et en laissant une odeur de lait caillé dans mes cheveux.

Louise, elle, n'a presque pas de cheveux, ils sont coupés tout court. En revanche, elle a des yeux de toutes les couleurs, trop beaux, l'un est d'un bleu clair immense et l'autre vert avec des paillettes d'or. Sur sa joue, sur son cou, sur ses bras, de grandes lignes rougies. Elle me fait un peu peur, je l'adore trop…

Il y a aussi un énorme chien gris et blanc qui traîne dans l'atelier. Il reste là, à paresser, roulé en boule sur ma couverture à moi, dans mon coin à moi, ses yeux en amande, jaune miel, mi-clos à observer les deux femmes. Ou à me surveiller. Il n'aboie jamais, grogne en levant la truffe en l'air, à la recherche d'une fragrance, d'une odeur.

Parfois il se lève et va lécher la main de Louise, mais personne n'a l'air de s'en apercevoir ou même de savoir qu'il est là. Tout au plus, Louise essuie-t-elle sa main, à la dérobée sur son tablier, presque agacée et le renvoie chez moi d'un simple regard. Plus d'une fois, je me suis endormie dans les pattes de ce tas de poils. A mon réveil, la bête n'est plus là. Il reste alors une odeur indéfinissable d'allumette brûlée et de poils mouillés. Ni Louise ni ma mère n'en parlent. Jamais, je ne le vois entrer ou sortir du local, comme s'il pouvait pousser les portes, traverser les murs sans aucun bruit. Louise m'a dit en riant, qu'il m'avait adoptée, qu'il ne me lâcherait plus maintenant…

Louise m'a aussi dit de ne pas en parler. Que c'est un secret entre nous deux, qu'elle a dit… Comme quand j'ai mal aux dents, Louise me pose sa main près de ma figure, cela chauffe un peu ma joue et je n'ai plus mal…. C'est de la magie à moi, me dit-elle…

Ton père, lui, a pris le large. Il y a longtemps. Au propre comme au figuré. Il travaille sur un bateau-usine, et les campagnes en mer, au nord de l'Islande durent parfois trois ou quatre mois. Il oublie parfois où il habite et il reste alors à Cherbourg entre deux campagnes. Ou entre deux compagnes… Il envoie de maigrichons mandats postaux. Ta mère s'en contente. Quand, il revient, ce ne sont que bagarres et vaisselles cassées… Il ne te voit même pas…

Pourtant, à cinq ans, tu es de plus en plus belle et maintenant, tu vas à la fromagerie assise à l'arrière sur le porte-paquet de la Motobécane. Le panier, lui, a été fixé à l'avant du guidon. Tu serres très fort ta maman sur les six kilomètres du trajet, le coussin en dessous de tes fesses ne tient pas fort…

Tu apprendras à lire à la fromagerie avec deux institutrices pour toi toute seule. Très vite l'alphabet n'a plus de secret pour toi. Tu y as maintenant une table en tube et une chaise, Sonia n'aime pas te mettre à l'école, sous prétexte qu'il n'y a de toute façon personne pour aller te chercher à quatre heures.

Souvent, tu retournes quelques jours chez Louise, le long de l'Orne, à Caen. Elle a une minuscule maison et tu adores y aller... Ta maman a des choses à faire et elle veut être tranquille... Louise est toute folle à chaque fois que tu vas chez elle. Elle est dingue de toi.

....

Tu as presque six ans quand ton père revient à la maison, avec ses cris, ses colères. Il a été déclaré trop vieux pour travailler en mer. Ambiance...

Ce petit bonheur que tu essaies de retenir dans tes doigts, coule doucement grains par grains. Bientôt, tes mains seront vides.

Le sable est retourné sur la plage, Reine redevient Irina, Irina devient silence et en silence tu as recommencé à mouiller ton lit.

Tu es restée deux ans dans l'école des sœurs à Caen, celle-ci étant devenue un peu trop chère pour la bourse des Querjean, tu es allée à l'école communale de Monsieur Rémy. Tu pouvais y aller à pied.

Là, tu te faisais appeler Reine, jusqu'au jour où une copine de classe a su et a crié partout ton vrai prénom. Elle n'est pas devenue ta meilleure copine, loin de là.

Pourtant, Irina est un joli prénom. Il signifie paix en grec. Mais à l'école de Monsieur Remy, en début d'année, il n'a pas apporté que la paix. Un peu lourd à porter le nom de la Russe. Tu as dû très vite faire castagne pour te défendre. Et des pipis par-ci et des « défense d'Iriner » par là. Ce ne sont pas là des propos qui apportent paix et sérénité.

Une grande de ta classe, Béatrice, a voulu en faire ou en dire un peu trop, en te disant que, en plus, tu sentais le pipi de souris. Tu lui as empoigné les cheveux et la bagarre a été rude, très rude même. Tu ne sais toujours pas où tu as trouvé la force pour la tirer derrière les toilettes de l'école.

Tu as alors été punie, privée de récréation pendant trois jours. Béatrice aussi a été privée de récréation, mais pendant deux jours. Le troisième jour, elle est restée en classe avec toi, à côté de toi et t'a demandé de faire la paix en tendant sa joue. Tu en aurais pleuré. Vous êtes devenues inséparables.

....

Dix ans déjà, comme cadeau d'anniversaire, en descendant, avec ton drap mouillé, comme encore de temps à autres, toi, la tant désirée enfant n'aura jamais droit qu'à un profond soupir de lassitude de ta mère. Parfois suivi d'une paire de baffes de ton père. Si, stupidement, tu te mets à portée des ailes du moulin à claques… Accompagné du doux refrain de l'éternelle cochonne qui pisse au lit rien que pour emmerder sa mère…

Ce matin, c'est magique, tu n'as eu droit qu'au maternant soupir. C'est vrai que le jeudi est souvent jour de relâche, Querjean, comme l'appelle maintenant ta mère, est à Paris pour ses petites affaires.

Trois mois d'écrou à Rouen ne l'ont visiblement pas calmé.

Le taxi est venu le chercher très tôt, pour l'amener devant un café serré au buffet de la gare de Lisieux, avec un croissant et l'Ouest Républicain.

Il prend toujours le premier semi-direct de six heures dix. Pour être sûr d'avoir de la place à l'avant du train. Et empester le wagon avec ses gauloises….

....

Pour ton drap mouillé, ils n'ont rien à te dire, vu que c'est toi qui dois le rincer et le tordre. Avec ta chemise de nuit. Un ancien tonneau d'huile Texaco tout cabossé et tout débordant d'eau de pluie t'attend près de la remise, à l'abri du vent. Il fait office, tant de lavoir, que de salle de bains pour toi. Doux confort de la campagne normande…

La petite baignoire sabot toute rêche et l'évier de la salle de bain te sont interdits d'accès si tu as mouillé ton drap. Sauf le jeudi, seul jour où ta mère est parfois bien lunée. Ce qui a son prix, vu sa rareté. Cette salle de bains d'un autre âge a été aménagée dans un recoin de la cuisine, séparée de celle-ci par un fin rideau de plastique. Le jeudi, loin des regards vicieux, tu en profites pour te faire une toilette avec de l'eau chaude et ton morceau de savon qui sent bon la lavande.

Heureusement dans la cuisine il fait chaud. Ta mère est frileuse, le gros radiateur électrique est constamment sur cinq.

Sans un mot, tu mâchouilles et avales un bout de pain mou. Dans les bons jours, il est accompagné de lait chaud.

Si ton père est là, tu respires leurs silences, leurs reniflements, avec comme bruit de fond, le zinzin distillé par RTL.

Ne pas te faire remarquer, surtout les jours où la bouteille de vinasse trône déjà sur la table du petit-déjeuner. Cela arrive de plus en plus souvent. Pour collectionner les étoiles qu'il dit en montrant ses vilaines dents. Dans la capsule de la bouteille est collée une étoile. Douze étoiles donnent une bouteille gratis. Il déglutit cela comme un veau…

Du veau, il en a la tête et les yeux. Pas la gentillesse. Il est alors préférable de ne pas traîner dans son champ de vision et de disparaitre avant que ce même champ de vision ne se trouble trop.

Très curieusement, le Querjean n'ose pas toucher sa femme, même s'il en a très envie, même s'il en crève d'envie. Il connait sa Sonia, une vraie teigne capable de tout. Et surtout, il sait qu'elle a de très bonnes cartes dans sa manche. Si jamais elle devait aller faire sa bavarde à la gendarmerie ou pour montrer des bleus, ses petites affaires à lui, risquent fort le dépôt de bilan.

Et aussi un retour en hôtellerie de l'Etat à Rouen, la prison Bonne-Nouvelle, les cent mille briques… Chambre de neuf mètres carrés pour deux, sans douche, avec un water commun. Les poux, la gale et la sodomie sont compris dans le prix. Très abordable. A portée de toutes les bourses.

….

Enfin, ce matin du 10 mai, tu es tranquille. Vous êtes tranquille.

Et en prime, ta mère et toi, vous n'entendez pas ses commentaires sur la politique coloniale du Général. RTL peut zézayer tranquillement ses infos sans être bêtement interrompu.

On parlait encore d'un massacre de civils, des femmes pour la plupart, à Alger par l'OAS. Les brèves d'outre-merde.

L'Algérie aux Algériens !! A dit hier le général … Et quoi encore ??? Si seulement on avait écouté ton père….

Lui, la guerre, la vraie guerre, il connait. Un patriote, le Querjean, presque un héros. Presque.

….

Donc, Irina n'a pas école aujourd'hui, jeudi oblige. Quel ennui… Si seulement elle pouvait aller chez Louise… Mais Louise travaille toujours le jeudi matin.

….

Pourtant, ce jeudi, exceptionnellement, Louise ne travaille pas. Elle remet de l'ordre dans sa maison. Elle a reçu du monde ce mercredi et avec Irina qui vient ce week-end.

C'est une surprise. Sonia l'a avertie hier… Louise en est toute sotte… Elle brique la baraque comme si sa mère allait débarquer... C'est vrai que ce pharmacien lui a foutu un sacré bordel… Et elle doit encore faire le gâteau l'anniversaire de sa grosse chérie…

Et acheter les bougies…

Sylvie,

Ce jeudi matin, comme tous les jours de congé d'ailleurs, Irina n'a personne avec qui jouer, sauf avec moi, Sylvie, sa poupée qui ne ressemble vraiment à rien tellement elle est moche, qu'elle dit. C'est gai à entendre. Si elle, elle se croit jolie... Grande, maigre à faire peur et presque rousse... Et c'est moi la moche... Elle pourrait déjà être contente que je sois là pour la protéger quand les escaliers craquent la nuit et qu'elle tremble tellement qu'elle en pisse au lit... Non tout ça, on oublie. Que je sois moche, çà, on retient...

Mais je sais qu'elle ne pourrait pas vivre sans moi, même si je n'ai presque plus de cheveux et un œil toujours bêtement fermé. Je sais aussi que je n'existerais plus sans elle. Enterrée dans une puante benne à ordures.

Aujourd'hui, elle m'emmène dans les sous-sols.

Opération Tintin au Congo, avec Irina comme exploratrice dans les lointaines caves d'Asnettes. J'espère que je ne devrai pas me mettre à aboyer comme Milou.

Normalement, la mère de l'exploratrice va aux courses le jeudi matin, cela lui donnera un peu de temps pour la visite. En fait de caves, ce sont les restes d'un ancien fortin en béton, vestiges bien trop visibles du mur de l'Atlantique. Relié à la maison par un grand couloir tout gris, le fortin est composé de deux cavettes soigneusement fermées. Mais elle sait où sont les clefs de la cave rouge. Rouge, par sa porte métallique qui a été couverte d'un assemblage confus de planches de palettes peintes. La serrure consiste en un gros cadenas sur une chaine. La clef est sous une caissette. Tintin sait toujours tout. Normal, c'est lui, le héros...

Le cadenas grince bruyamment et libère la chaine. Enfin dans la place. Un interrupteur placé bien haut dans ce couloir rend un peu de vie à une vieille ampoule jaune. Celle-ci toute couverte de mouchures donne à la pièce un air de château hanté, avec ses vieilles toiles d'araignée qui s'accrochent au plafond. Tintin n'est pas rassuré en me serrant très fort. Sans doute déçu du peu de trésors cachés là-dedans.

Une étagère avec des bouteilles vides et des boites de Ricoré, pleines de clous et de vis. Quelques caisses en bois avec encore des bouteilles et des classeurs. Rien de très intéressant.

Sur l'autre mur, une armoire avec deux tiroirs. Une bouteille de Byrrh à moitié pleine et des vieux papiers recouverts de poussière. Elle me pose contre une boite de Ricoré et ouvre la bouteille. Une odeur indéfinissable de vin cuit et d'aromates s'en dégage. Je vois bien qu'elle a envie de goûter, mais l'idée de boire au goulot après son père la dégoûte, alors elle se contente d'y jeter toutes les mouches mortes qu'elle trouve à terre et referme la bouteille en la secouant de toutes ses forces.

Les mouches restent à la surface. Nouvelle séance de secouage, nouvel échec. Alors elle crache dedans, espérant enfin les voir se noyer. Rien à faire, les bestioles ne veulent pas aller au fond. Tant pis, la bouteille et ses mouches retrouvent leur place, sur l'armoire, à côté de moi.

Dans l'armoire, un grand bout de tissu très léger avec des ficelles et plein des nœuds. Un ancien parachute sans doute oublié là. Après la guerre, il était courant d'en trouver dans la région. Plus ou moins en bon état, mais souvent avec des trous et de vilaines taches brunes. Comme souvent pour les délivrances, celle de la Normandie a été pénible, très pénible. Beaucoup de grandes marguerites blanches se sont couchées, perdues dans les bocages pour être aussitôt cueillies par les mitrailleuses allemandes. Cruellement.

....

De quoi se faire une tente d'indiens comme dans Tintin en Amérique ou de nouveaux habits pour moi. Mais pour tout ça il faut des ciseaux, du fil et des aiguilles. Et en plus Irina n'a jamais cousu... Et je crois que ce n'est pas aujourd'hui qu'elle pourra apprendre. Des pas familiers se font entendre dans l'escalier...

Des pas qui se rapprochent dangereusement.

Même pas le temps de se cacher que sa maman est là, furieuse, découpée en ombre chinoise dans l'encadrement de la porte.

Pas de cris, juste un « tu attendras ici...espèce de petite imbécile ». Irina a juste le temps de voir la rage et la haine sur le visage de sa mère. La lampe de la cave s'éteint et la porte se referme dans un grand bruit de chaîne. Nous sommes dans le piège...comme les mouches dans la bouteille.

Et il fait noir. Juste un fin trait de lumière sous la porte.

« Tu attendras ici », attendre quoi ? Midi, qu'elle revienne des courses ou attendre son père ce soir avec ses mains pleines de claques et ses cris ? Attendre de nouveaux coups, roulée en boule dans un coin... Comme trop souvent... Même sur moi, il tape comme un malade, avec Irina qui me protège comme elle peut.

Les secondes s'écoulent lentement, les bruits de pas s'éloignent. La lumière s'éteint dans le couloir, la porte du haut se ferme aussi dans un bruit de clef. Mon Irina pleure doucement, sans bruit.

Elle pleure de peur, tout simplement, parce que à dix ans, on n'a rien d'autre à foutre devant tant d'injustice Elle m'a retrouvé dans le noir, me serre et on se console.

Assises par terre, sans savoir quoi faire, à part renifler. Irina me chuchote dans l'oreille qu'elle sent un petit courant d'air sur ses jambes, du froid qui ne vient pas de la porte et il fait moins noir que tantôt…

Elle se penche pour deviner sous l'armoire un fin trait de lumière. Sans bruit et de toutes ses forces, Irina recule l'armoire de quelques centimètres. Ses doigts s'accrochent à des centaines de toiles d'araignées, mais elle n'a pas peur. Avec ma tête à moi, elle les enlève. Je m'appelle Cosette maintenant. Pour ensuite, retrouver ma place, contre la boite de Ricoré. La tête remplie de toiles d'araignées. C'est vraiment gentil. Cela fait toujours plaisir. Merci.

De fait, la lumière vient de là… Encore un gros effort et elle peut passer. Une ouverture, étroite et haute, a été pratiquée dans le mur, elle s'y écorche les coudes sur un béton rugueux, et peut enfin regarder dehors. Il reste un bout de grillage tout rouillé à arracher.

….

Marcher… Surtout, ne pas revenir. Je sais qu'elle a mal aux coudes, aux genoux qui sont rouges d'égratignures. Des larmes de rage roulent, se jettent de ses yeux. Plus loin, j'entends des chiens qui donnent furieusement…

Au fond d'elle-même, elle sait que c'est cela le plus important. Partir avec moi toute serrée contre elle, marcher et ne plus se retourner. Ses sandalettes en plastique rose lui font mal. Toujours ces boucles métalliques toutes piquées de rouille qui sont trop serrantes. En plus, elle les a toujours trouvées plus que moches. A l'école on se fout d'elle quand elle vient avec. Irina les jette. Elle n'en aura plus besoin. Encore à peine cent mètres, pas plus.

On s'enfonce, on va moins vite. Irina s'arrête, revient sur ses pas et reprend ses sandales… Finalement, on va aller chez

Louise.... J'ai une frousse bleue des chiens et Irina qui n'entend rien à force de renifler toutes ses larmes…

La route se dessine enfin, près de l'escalier…

Un ciel maintenant trop bas et tout trempé va bientôt se tordre sur l'estuaire de l'Orne. Sur Irina et sur sa petite robe rouge.

….

Louise et l'apothicaire

Dès la première prise de contact par l'intermédiaire de L'Ouest Républicain, Louise joue la prudence. Elle a débusqué son « bonhomme » dans les petites annonces de rencontres, à l'avant-dernière page du journal. Louise l'a sélectionné avec soin, avec rigueur.

Une obsession qui, périodiquement, lui met des pétards dans la tête, lui fourre des couteaux dans les mains… Des envies de tuer… C'est son truc à elle… Elle sait bien qu'elle est cinglée… A qui la faute ?..

A chaque annonce qui l'intéresse, Louise doit répondre à l'adresse du journal avec, comme référence, le numéro de l'annonce sélectionnée. La réponse du correspondant devra être mise dans une enveloppe, fournie par Louise. Timbrée et adressée à une boite postale, gare de Rouen. Toute une administration… Louise adore ces préparatifs, ce sont ses préliminaires à elle… Dès le début de la correspondance, elle devine très vite les goûts et les « orientations » des correspondants.

Louise laisse alors un peu traîner les choses. Comme pour un amoureux…

Le temps de monter à Rouen, rue Brisout, aux Sapins. Au sous-sol de ce commissariat principal sont stockées les archives de la police nationale. Louise y a ses entrées. On ne se méfie jamais assez des femmes de ménage. Surtout quand elles arrivent à six heures du matin, attifées de leurs tabliers bleus informes. Et pas jolies en plus. Les mains des gardiens restent alors dans leurs poches, leurs questions idiotes aussi.

Tout qui a eu affaire avec la justice, dans le département, y a laissé sa petite fiche signalétique. Classée par ordre alphabétique, avec maniaquerie, dans de longs racks gris en acier. Cette fiche permet de retrouver, dans les interminables rayonnages, le dossier du quidam.

....

Léon Rutell sera son quatrième correspondant. Un pharmacien un peu myope de cinquante-deux ans.

Il a été entendu plusieurs fois pour faits de mœurs sur mineurs. Dont celui, avec coups et tentative de viol, sur Maité, une fillette de sept ans. Dans un manège à Authie où la gamine bouchonnait tranquillement son poney. Il ne lui a laissé aucune chance... Les témoignages sont poignants.

La fillette est restée cinglée, mutique. Dix mois plus tard, elle ne savait toujours pas marcher. Par chance, le père de la petite est un avocat bien connu au barreau de Rouen. Il a donc été entendu par la police. Et une procédure a même été entamée... Ruttell a été arrêté et mis en examen par un juge d'instruction.

Il a fait trois semaines aux cent mille briques avant d'être hospitalisé. Les « pointeurs » n'ont pas la belle vie en prison. Le pharmacien s'en est sorti avec une oreille quasiment sectionnée. Et quelques hématomes. Une tradition carcérale qui se transmet de bouche à oreille...Les violeurs sont souvent dénoncés par les matons eux-mêmes. Comme cela, on les reconnait de loin en loin. D'une prison à l'autre. Les matons adorent...

Le pharmacien qui a maintenant une oreille un peu courte a quand même gardé les bras un peu longs. Après deux ans de procédure, le dossier a dû être classé sans suite. Absence de preuves... Comme pour tous les autres dossiers le concernant. Dont celui mettant en cause une de ses nièces de quatre ans, lors d'un goûter d'anniversaire. Elle est revenue des toilettes en pleurant. Son oncle a voulu l'essuyer, dira la gamine... Son père lui a cassé la gueule, à son beau-frère de pharmacien et il a porté plainte. C'est lui qui a été condamné pour coups et blessure. On ne tape pas sur quelqu'un qui voulait simplement rendre service...

....

Louise a l'âme et la patience d'une pêcheuse à la mouche, pêcheuses qui fait voler ses éphémères sur le fil de l'eau. Ephémères sous forme de photos d'‘elle-même, mais plus jeune. Beaucoup plus jeune. Des photos d'avant. Ou elle a encore ses beaux cheveux longs et ses yeux clairs. Des photos d'elle prises à sa grande communion. En noir et blanc, magnifique, avec son air un peu mystique, un peu évaporé.

Le pharmacien, lui-aussi a vocation d'être éphémère, comme le leurre. Et il aura bientôt, lui aussi, un petit air évaporé.

....

Pour cet apothicaire, il lui a fallu trois bons mois de correspondance pour l'hameçonner et enfin l'installer confortablement sur son bois de justice. Chez elle, dans son lit. Dans la petite impasse de la rue de l'Orne...

Louise a retrouvé une mauvaise photo de Maïté, la gamine de sept ans. La « petite voleuse du manège », comme il l'a décrite au commissaire, pour justifier la « gifle »... Pour le reste, il ne se souvient plus... La gamine a beaucoup exagéré. Il l'a à peine touchée...Louise lui a mis la photo devant ses yeux. Il les a fermés.

....

Plus tard, l'honorable correspondant aurait pu se reconnaitre dans un encadré de l'Ouest Républicain, rubrique nécrologie. A la quatrième page, cette fois. Dès sa retrouvaille, évidemment. Mais celle-ci est peu probable...

Toutes ces correspondances, coupures de journaux ou adresses ont alors été systématiquement détruites, brûlées dans une brouette au fond du jardin et ensuite jetées dans l'Orne, comme tout le reste. Une pleine brouette de lourdes crasses. Les prochaines crues amèneront tout cela à notre mer à tous. Généralement en quatre jours. Plus vite en cas de fortes pluies.

La belle auto du pharmacien, elle, a été retrouvée dans le quartier de la gare à Rouen. Un quartier très cosmopolite, et peu fréquentable...

Louise y aurait presque ses habitudes.

....

Pour avoir conservé ses petits carnets de notes et ses billets de train, un certain Henri-Désiré Landru s'est retrouvé en tête à tête avec l'exécuteur en chef des arrêts de justice, le bourreau Anatole Deibler.

C'était par un petit matin de février 1922 et dans un froid coupant, qu'un de ces deux hommes y a perdu la sienne. De tête, évidemment... Il est 6 heures dix, le temps est clair, notera Anatole dans son carnet. Cette manie des petits carnets... Il en a rempli six pour les exécutions, à la plume et au crayon. Deibler y a noté que le sieur Landru n'a accepté ni son verre de rhum, ni sa dernière cigarette, « mauvais pour la santé », a-t-il dit...

Le pharmacien, lui, n'a pas eu le choix. Il a dû le boire le petit verre de rhum de Louise. Ce n'était pas un élixir de jouvence. Loin de là… Ce n'était pas du rhum blanc non plus. Il a été exempté de cigarette, Louise ne supporte pas la fumée de cigarettes.

Elle ne l'a noté nulle part. La correspondante de l'Ouest Républicain est moins portée que le sieur Anatole par le noircissement de petits carnets.

Avec Irina qui vient fin de semaine, Louise aimerait bien voir sa maison propre et en ordre. Qu'il n'y ait plus de saletés qui trainent… Surtout sur leur lit…. Elle doit encore changer les draps… Aérer la maison… Ranger la brouette…

….

Chapitre 3

Mathias, Décembre 1953

« Une valise, on dirait que c'est la liberté qu'on a dans la main… »

Albert Londres

Des plaines d'Indochine, au bocage normand…

Je m'appelle Mathias. Mathias Heinri, médecin-major dans la belle et glorieuse armée française et je retourne dans le civil aujourd'hui. Je fêterai Noël 1953 à la maison…

Après huit ans, dans les rizières et les moustiques, je rentre en métropole. Presque complet, même si quelques cases de mon cerveau se sont évaporées dans les rizières, sur les croix d'amis tombés trop tôt. Je n'en peux plus de cette boucherie. Je deviens cinglé.

Dégoûté. Je ne sais plus très bien si cette grande cause appelée « rempart du communisme » que je défends, plus ou moins âprement, en vaut vraiment la peine, si cette guerre coloniale qui ne veut pas dire son nom est juste ou non.

Je viens d'avoir trente-neuf ans. Je ne les ai pas fêtés. Comme tous les autres anniversaires non plus, d'ailleurs. Je répare des gars en Indochine depuis 1946, où, entre autres, j'en ai recousu un de la légion, Sasha Bauer. Un Allemand. Un ancien tankiste qui a ferraillé sur le front de l'est en Russie, mais aussi en Normandie. Il y a peu, on devait les dézinguer, maintenant on doit les recoudre…

Je lui ai fait de très jolis points de croix. Je lui devais bien cela.…

Il m'a ramené d'une balade en forêt… Une balle perdue dans ma jambe et retrouvée, huit heures plus tard, dans la même jambe. Le hasard n'existe pas. S'il ne m'avait pas porté sur son dos, je pourrirais au milieu des rizières.

Nous nous sommes liés, appréciés. L'un, avec son humour à deux balles, et l'autre pour avoir su l'écouter, supporter, et plus rarement, avoir ri de cet humour pourri. J'ai mis cette rareté sur sa méconnaissance de la langue française…

Et bien sûr, Sasha m'a sauvé la peau… Reconnaissance éternelle.

Amitié aussi, pour ses parties d'échec au milieu de la campagne indochinoise. Moments d'exceptions, dans le silence de cette végétale cathédrale, seulement entrecoupés par de courtes rafales. Ou le beuglement d'un blessé qui se réveille dans la tente d'infirmerie. Nous sommes souvent à court de morphine. On doit choisir ses combats.

Sasha, mon sauveur, lui, reste au « service de ma patrie », comme il dit. Il n'a pas trop le choix. Il vient de rempiler pour un terme de trois ans… Avec un galon, et deux cents balles en plus. « C'est du boni pour ma retraite », qu'il dit. Je lui laisse mon jeu d'échecs. Il m'a promis de s'entrainer et de me battre à son retour en France. Être Allemand, pourrir en Indochine en 1953 et encore croire au bon Dieu. C'est beau, mais c'est surtout très con…

….

Pour déposer mon baluchon en France, j'ai le choix entre deux villes. Et entre deux femmes.

Strasbourg et Heidi Heinri, ma mère. Ma tendre mère qu'il faut prendre dans son entièreté. Avec ses incontournables. Mais aussi avec les retrouvailles de mon lit douillet et de ses édredons remplis de duvet et plumettes de canards. Lit que maman Heinri viendra réchauffer tous les soirs d'hiver avec une bassinoire en cuivre remplie de braise.

Seule contrepartie, je devrai écouter « ma-maman-que-j'aime ». L'écouter et encore l'écouter. J'adore ma petite maman, mais l'entendre répéter pour la centième fois, qu'elle ne comprend vraiment pas que mon père soit resté en Allemagne, à travailler dans une ferme, plutôt que rentrer à la maison. « Il a quand même été libéré comme les autres. », dira-t-elle. Déjà qu'il n'a même pas été forcé de partir… Disparu du jour au lendemain. Pris dans une rafle à Colmar, dira-t-elle, et envoyé en Allemagne comme travailleur volontaire. La Croix-Rouge l'a retrouvé en 1946 dans une ferme en Bavière… Lui, n'a rien demandé. Certainement pas de rentrer à la maison…

L'autre ville est Normande, Caen. L'autre femme est Jeanine. Jeanine Bultot, la rédactrice des trois cent mille lettres qui partagent aujourd'hui mon sac avec des chaussettes sales et trouées, et bien d'autres souvenirs d'Indochine.

Presque dix ans ont passé… Se souviendra-t-elle de moi en me voyant aujourd'hui ? L'Indochine m'a vieilli de vingt ans et en plus, je boite. Le beau capitaine Heinri n'existe sans doute plus qu'en rêve chez Jeanine. Je n'ai jamais osé lui envoyer une photo de moi en Indochine comme elle le demandait. Je n'aurais plus rien reçu comme chocolat et cigarettes…

Neuf ans plus tôt,

En cette fin août 1944, Jeanine et moi nous nous sommes rencontrés, croisés, regardés dans une ruine de bistrot du centre d'Alençon, avec les tables dehors, au milieu des maisons dévastées par les bombardements. Et toujours ces odeurs d'incendie, de bois brûlés, de poussières qui flottent et piquent aux nez au moindre coup de vent. Et encore, Alençon a eu la chance de ne pas être complètement rasée. Le général Leclerc l'a « libérée » le jour prévu de son ultime bombardement par les alliés. En réalité, l'occupant a déserté la petite ville trois jours plus tôt... Le général, triplement médaillé, a eu le temps de transmettre l'information à la toute dernière minute. Cela n'a pas été facile de le faire admettre aux américains.

Ce matin-là, les bombardiers B17 alourdis de bombes incendiaires sont en vue de la petite ville... Avant d'opérer un demi-tour salvateur ....

Alençon a donc moins souffert que Caen. De Caen, il ne reste rien. Cette ville martyre a eu à subir les pires bombardements des forces alliées. Il fallait démolir les ponts sur l'Orne pour couper la retraite des chars allemands et finir de démolir les aciéries de Colombelles, de l'autre côté du fleuve. On ne sait pas trop pourquoi. Elles ne tournaient plus depuis longtemps... Des tonnes de bombes... Des tonnes de cadavres, des odeurs pestilentielles et des statistiques pour plus tard...

Les parents de Jeanine, venant justement de Colombelle, ont trouvé refuge chez un oncle de Jeanine à Alençon, tout près du parc de la providence.

....

Dans l'euphorie de la libération, nous nous sommes tout de suite aimés, les digues de quatre années de privation d'amour venaient de sauter. Dans un décor surréaliste, fabriqué de ruines, de dévastations et de libertés retrouvées. Les jeeps et les camions allaient dans tous les sens… Il ne manquait que la caméra Arriflex 35mm d'Orson Welles pour tourner un film d'actualités de la Paramount. En gros titres « La 2ième DB de Leclerc à Alençon… »

Ce soir-là, Jeanine porte une jolie et sage robe bleue, avec des fines bretelles et un simple chemisier. La blondeur de ses cheveux et sa peau toute rougie de coups de soleil la rendait irrésistible.

Pourquoi m'as t'elle vu, moi. ? je n'en sais rien. Mais moi, je ne voyais, ne regardais que Jeanine. Elle m'a donné des fleurs en sautant sur le marchepied de la jeep. Des dahlias rouges et des bleuets, pour faire couleurs françaises, sans doute. On a ri, on s'est fait la bise. Sur la joue et toujours en riant sottement. Cela a suffi pour nous incendier les sens comme champs de blé en juillet. Plus tard, dans la soirée, on s'est tout dit, tout promis, tout juré… En toute indécence de cette liberté enfin retrouvée.

Jeanine est rentrée très tard de la fête. Enfin, très tôt, puisqu'il était quatre heures du matin. Du parc de la providence, elle et sa virginité en gardent un souvenir ému. Avec les émotions et la chaleur, Jeanine n'a pas pu garder les mêmes prétentions de chasteté et de spiritualité que Sainte Thérèse de Lisieux née à quelques rosaires de là…

Les parents de Jeanine n'ont pas trop apprécié ce rapprochement entre l'Alsace et la Normandie. Rapprochement que celle-ci a, sans doute, claironné un peu trop brutalement au petit déjeuner…. Le café n'est pas bien passé… Il y a eu des cris… Des pleurs…

Leur fille unique est officiellement fiancée à un jeune homme qui lui, est toujours en Angleterre. Il a réussi à passer en Angleterre dès 1940, et est dans les communications à Douvres. Pour les parents de Jeanine, libertés retrouvées ne concernent que les gars du Calvados. Pas leurs habitantes, encore moins leur fille unique.

En cette fin de guerre, être alsacien et revenir du Maroc puis de Londres dans le corps d'armée du général Leclerc, même dans un tout bel uniforme américain est une chose. Et si en plus, ces mêmes alsaciens « volaient » les fiancées des braves gars du Cotentin, pour assouvir quelques funestes desseins, la corde et le gibet seront vite montés.

…..

Le choix du fiancé, peu de temps avant la déclaration de guerre, a été approuvé et béni par les parents Bultot. On ne pouvait pas revenir sur ce point. Le gentil fiancé ayant été « choisi » par la maman de Jeanine pour ne pas arranger les choses. Jeanine venait d'avoir 17 ans et n'a pas rouspété. Plus dans l'espoir de se voir enfin hors de chez ses parents que par « amour-passion-je-grimpe-aux-rideaux… »

Avant son départ pour le front en 39, une fête de fiançailles a eu lieu, avec bagues, mousseux et cadeaux. Fiançailles vaut mariage. On ne revient pas là-dessus et on attend le retour du promis.

Dans l'honneur si c'est encore possible.

Ce 25 août 1944, à midi, Jeanine s'inclina et pleura.

Pour préserver sa Jeanine, Mathias préféra partir et se fondre, ou plutôt se morfondre, dans les bagages du 13ème bataillon médical du général Leclerc. Direction Paris. Ce même général leur a promis de ne s'arrêter qu'un fois le drapeau français flottant sur la cathédrale de Strasbourg.

....

Un Mathias, qui, cet été 1944, aurait déjà pu croiser un certain Sasha Bauer dans les cortèges de prisonniers allemands. Ces hommes ont préféré se rendre aux alliés, pour ne pas devoir suivre les restes de la Panzergruppe West. Division motorisée mise à mal par les chars du général Leclerc.

Il est loin le temps où cette même division blindée fonçait sur Moscou, avec des étapes de deux cents kilomètres par jour. Le jeune caporal Bauer pouvait, grâce à la Pervitine distribuée à toute la Wehrmacht, rester sans dormir plus de trente heures d'affilée.

Plus de 740 millions de doses de ce psychotrope ont été avalées par ces mâles valkyries pour qu'ils gagnent la guerre éclair. Le temps des Junkies invincibles et sans peur de l'ex-République de Weimar est bien révolu. Odin les a abandonnés devant Stalingrad.

Bayer et sa pharmacopée aussi.

....

Après la libération de son Strasbourg, Mathias a pris un peu de repos chez sa maman. Avant d'être cantonner à Baden-Baden avec son toujours 13ème bataillon. Le temps d'une cure. Il allait, bien trop vite, quitter cette belle station thermale. Son cher général allait les amener, lui et sa trousse d'urgentiste dans les vastes et boueuses rizières de l'Indochine française. En ce printemps 1946, il aurait préféré les larges et ensoleillés coteaux de la Toscane. Son avis n'a pas été demandé pour choisir l'endroit où Il fallait délivrer le monde civilisé, puis le protéger de l'ogre communiste... « Hier Strasbourg, demain Saigon engagez-vous » disent les affiches de propagande

Chapitre 4

Rue de la marine, Mardi 15 mai 1962,

« L'ennemi est bête, il croit que c'est nous l'ennemi alors que c'est lui.. »

Pierre Desproges

Sasha,

Quatre jours que je suis coincé dans ce meublé. Même avec la fenêtre ouverte, cela sent la pisse de chat et le renfermé. Comme chez tante Hilda, à un quatrième étage sans ascenseur. Près de la Frauenkirche. Je me pinçais le nez une fois arrivé à son étage. Maman me tapait sur la main et je me retenais de respirer jusqu'à la fenêtre où il y avait un peu d'air frais…

….

Ici, à Caen, les seules sorties tiennent dans des excursions alimentaires au Monoprix, avec comme hier matin, toujours la même question , que peut manger une enfant. En fait, je n'ai aucune idée de son âge. Je n'en ai jamais eu. Je sais juste que c'est une fille. Sept ou dix ans. Je n'en sais rien, en fait, de son âge. Comment deviner l'âge d'une petite fille qui ne sait pas parler si la maman ne vous le dit pas ? Enfin, la plupart des mères…

Du lait, des crèmes, là, il ne doit pas y avoir de doutes. Le chocolat, elle a trop mal pour le mordre et alors ses yeux deviennent tout rouges… Si seulement elle pouvait dire quelque chose. Même la nuit, dans ses rêves dantesques, elle ne dit rien du tout. Je demanderai à Mathias, il a été médecin-major et doit savoir, les toubibs savent tout. Ils ont été à l'école, eux.

Depuis hier, elle est, enfin, un peu calmée, elle ne pleure plus. Du moins, plus trop. Ou alors, je ne l'entends plus... Et quand elle dort, c'est pour se réveiller après deux heures, en sueur, en proie à des cauchemars sans fin.

Sa blessure à la tête se cicatrise doucement, je suis content de mes pansements. Sa figure de petite poupée cassée reprend lentement forme humaine. Ses pommettes saillantes et ses lèvres sont moins violacées. Ce qu'il restait de ses cheveux étaient un sac de nœuds. J'ai décidé de les couper, comme à l'armée. « Das Fraùlein Division ». De toute manière, avec la moitié du crâne rasé, sa tignasse ne ressemblait plus à rien. Par chance, sa dentition est intacte, contrastant douloureusement avec son visage meurtri et tout cabossé. Elle a de grands yeux clairs et des sourcils foncés et épais. Une tâche de naissance en forme de croissant sur l'épaule. Il y a de la méditerranée dans ce sang-là. Avec des cheveux blonds presque roux. Tout est en contraste dans cette gamine.

Elle mange et boit un peu mieux. Du bouillon de viande Liebig dans lequel je trempe des morceaux de pain. Des bouts de viande, le fameux Corned Beef américain, coupés en morceaux, complètent le menu. Je lui donne à manger avec une cuillère, comme on donne à manger à un oiseau tombé du nid. Ce qui est sans doute le cas. Elle sait à peine bouger sa mâchoire. Elle crève de mal et me regarde comme si j'étais le diable venu de l'enfer pour la torturer mais ne bronche pas...

....

Ce matin, j'ai voulu lui préparer un petit-déjeuner typiquement allemand, à mon petit soldat. Un solide

« Frühstück », avec petits pains, saucisses de Francfort à la poêle, un bout de fromage pas trop dur et des œufs brouillés. Tout ce que j'aime bien. Je dois bouffer aussi. Surprise, elle a tout avalé comme une vraie bavaroise. Elle ne m'arien laissé ou presque… Elle devait crever de faim. Le tout accompagné d'un jus d'orange tout frais.

Je n'ai pas osé lui faire boire de la bière. Je suis sûr que cela lui aurait fait du bien. De toute façon on n'en trouve pas de la bonne par ici. Je viens donc de régler le problème « que peut bien manger une naufragée » ?

Cet après-midi, j'achèterai tous les journaux de la région. Si jamais quelqu'un venait à s'inquiéter de sa disparition, je le lirai bien quelque part. Et passer au Monoprix pour trouver un presse-fruit.

Je devrais aussi aller à la gendarmerie. Raconter ma découverte. Leur livrer la gamine… Mais c'est trop tôt, je vais attendre un peu. Qu'elle puisse au moins marcher. J'ai peur pour elle, qu'elle se retrouve dans un camp d'internement ou un orphelinat. C'est la même chose…

Il n'y a pas si longtemps, ce sont eux, les gendarmes, qui nous livraient les gosses… Souvent avec leurs parents d'ailleurs… Ils avaient cette délicatesse de ne pas vouloir les séparer….

Je vais attendre qu'elle puisse parler. Qu'elle sache me raconter elle-même… Déjà quatre jours et toujours pas un mot… Des pleurs et des angoisses… Sa façon à elle de s'exprimer pour le moment, m'a dit Mathias.

A la gendarmerie ou à la police, je n'aimerais pas devoir y aller. Trop allemand, trop boche, même si j'ai eu ma naturalisation grâce à la Légion. Et mon accent n'arrange rien, un accent de la Basse-Saxe ne se perd pas facilement. A la légion, je ne devais pas parler français, sauf pour « former » les petits nouveaux à Oran. Et encore, cela m'amusait de gueuler dessus en allemand… Cela marchait mieux… Tous mes camarades étaient allemands. Cela n'a pas aidé pour l'apprentissage du français.

Si je me coupe ou me trompe de mots pendant la déposition, on va me soupçonner de vouloir cacher des choses. Voire de l'avoir enlevée, séquestrée, ou torturée et dévorée.

On sait que les Allemands mangent les enfants. Saint Nicolas n'a-t-il pas sauvé trois petits enfants transformés en salés par un boucher allemand. Même si ce boucher venait de Nancy, il avait un quand même un fort accent lorrain, presque allemand.

….

Cette nuit du 10 mai, j'aurais dû l'amener à l'hôpital, tout de suite, ne pas réfléchir midi à quatorze heures. Mais l'hôpital n'est quand même pas à côté. La clinique de la Miséricorde, la plus proche du quai de juillet, est à plus de trente minutes de marche. De toute façon, jeudi, je ne savais même pas où elle était cette clinique. Au milieu de tous ces chantiers et avec ma petite blondinette toute trempée dans les bras, en plus. Et qui saignait.

A presque trois heures du matin. Comment expliquer « ma trouvaille » au médecin de garde… S'il y en avait eu un. Que faisait-t-il dehors, le long des quais à une heure pareille, ce Schleu ?

Mon meublé, rue de la marine, n'est qu'à trois minutes des quais. Dans un premier temps, la ramener ici était le choix de la facilité. Peut-être une connerie, mais je voulais, moi aussi, me réchauffer les os. J'étais trempé et je crevais de froid.

Quand je la vois maintenant, minuscule et jolie comme un cœur dans son demi-sommeil, j'ai bien fait d'être con.

….

Cette nuit-là, une fois hissée sur le ponton de bois, sans lui faire trop de mal, il a fallu de très longues secondes à Sasha pour que la gamine revienne à elle. Les premiers gestes de secouriste, il les a appris juste avant de partir en Indochine.

....

Quelqu'un d'autre a assisté à la scène. Cigarette blonde aux lèvres, debout, jambes écartées à la Marlon Brando. Les fesses en appui sur une selle basse montée sur ressorts, ornée de clous chromés et de franges en cuir. Accroché au guidon, un vieux casque de cuir bouilli. Perfecto des Hells et cuirs à tous les étages....

Remake de « L'équipée sauvage »... Made in Normandy...

Si Sasha n'avait pas eu la tête sous l'eau, il aurait sûrement reconnu la machine. Une moto typiquement américaine, l'Indian Chief avec ses garde-boues noirs et ses belles bandes chromées. Un faisceau de lumière à peine visible. Le cache-phare réglementaire de la guerre est encore monté et il permet d'éclairer pâlement le pont. Et bien sûr, le cliquetis des soupapes si caractéristiques du moteur Indian, en bas régime. Le ou la biker semble attendre quelqu'un, quelque chose. L'énorme bloc moteur s'étranglant d'ennui...

....

Sur le ponton, là en bas, la gamine a vomi de l'eau, beaucoup d'eau. Elle a enfin respiré en tremblant de tous ses membres. De trop longues minutes s'étaient écoulées. Le nageur-secouriste savait que les dommages pouvaient être terribles, voire irréversibles. Ni l'un ni l'autre n'ont prêté attention au claquement sec et rageur d'un moteur qui hurle, enfin libéré de son ralenti...

....

Chez lui, dans le petit meublé, Sasha a séché et frictionné la rescapée avec une montagne de serviettes, toutes déchirées dans un drap de lit. Dès que la petite a été installée bien au chaud sous des tas de couvertures, Sasha lui a frictionné le dos avec de l'eau de Cologne. Il n'avait que cela. Avec le radiateur électrique à fond, elle s'est un peu réchauffée et enfin calmée… Il a pu chauffer un poêlon d'eau pour lui laver la figure, frotter délicatement avec de l'alcool de prunes autour de la blessure, couper les cheveux poisseux de sang. Faire bouillir un bout de tissu pour en faire une compresse stérile. Celle-ci est bientôt comprimée sur la plaie. La blessure ne saigne presque plus. Il surveille son pouls, compte les battements. D'abord, fort irréguliers, ils se stabilisent peu à peu. Notre tankiste devient infirmier…

Trois petites heures de repos. La gamine dort enfin quand Sasha est allé chercher Mathias.

….

Après un examen des yeux, celui-ci a commencé par lui laver les petites plaies de sa figure au savon de Marseille avant de lui couper les cheveux. Puis à l'aide d'une lame Gilette, il a rasé délicatement autour de la plaie avant de pouvoir enfin désinfecter la blessure convenablement.

Le médecin lui a fait boire une gorgée de cognac pour continuer. Une bonne gorgée… Le même cognac que celui utilisé pour désinfecter les aiguilles. Cinq points de suture pour refermer la blessure, et pas un cri n'est sorti ... Juste deux grosses larmes et des traces d'ongles dans le bras de Sasha… Mathias n'en est pas encore revenu, habitué à devoir bâillonner ces grands costauds de militaires pour enfoncer délicatement un banal suppositoire dans le fondement de ces conquérants. Ces lutteurs ont de ces pudeurs…

Surtout, la laisser dans le noir au moins trois jours. Elle a eu une commotion. Il ne pouvait rien faire de plus pour le moment. Il aurait voulu l'amener à la clinique, faire des radios. Sasha s'y est opposé.

Mathias et sa trousse de secours reviendront ce soir, et en cas de problème il l'embarquera d'office... Il craint un hématome sous-dural avec une fracture du crâne.

Sasha n'a plus de lit, ce qui l'oblige à essayer de dormir dans une saloperie de pucier tout défoncé. Il a vu pire mais il aspirait quand même à rentrer chez lui à Monoblet. Avec sa nouvelle moto.

Il était revenu à Caen pour voir et éventuellement acheter la Norton Manx de ses rêves, la 40 S, la plus mythique et la plus rapide de toutes les motos d'après-guerre.

C'est Mathias qui a averti Sasha qu'une Norton était à vendre, et pour Sasha, l'occasion était trop belle de venir lui dire un petit bonjour. Deux jours de trains et une nuit à Paris…

Cette moto aurait même appartenu au grand Duke, vainqueur de plusieurs Grands Prix en Angleterre sur cette machine. Etant lui-même mécanicien, Sasha a pris les pressions du moteur lui-même. Un nouveau chemisage du moteur s'imposait. Sasha voulait bien payer les pièces en plus du prix demandé…

Sasha sera donc bloqué à Caen une quinzaine de jours. Le temps que les pièces et les nouveaux joints arrivent du pays des mille grisailles.

C'est Didier Ducas, le mécano, qui lui a trouvé ce petit logement. Pas trop cher et juste au-dessus du garage. Ce meublé, loué à la semaine était vraiment petit, mais Mathias n'avait pas pu le loger chez lui. Sa mère s'étant invitée pour quelques jours. Soi-disant pour le voir, mais surtout pour énerver sa femme. Ou plus encore. En le prévenant évidemment la veille avec un télégramme pour que celle-ci n'ait pas le temps d'y faire opposition avec une excuse bidon… Mathias sait qu'elle ne restera pas plus d'une semaine. Après plus de cinq jours d'absence, sa mère sait ce qu'elle risque de découvrir en rentrant.

….

A eux deux, Mathias et Sasha ont épluché tous les journaux du Calvados, en quête d'un article, un entrefilet, sur une éventuelle disparition d'enfant, mais rien de rien comme information…

Un article dans « L'Ouest Républicain » du vendredi 11 mai aurait pu attirer leur attention.

Un homme a été chopé par une locomotive, le jeudi 10, sur le quai de la gare à Lisieux. Il n'avait aucun papier d'identité et la description est sommaire. Pantalon gris en flanelle et imperméable couleur moutarde.

Vu qu'un convoi de marchandise tout entier lui a roulé dessus, suivi du direct Cherbourg-Paris de six heure dix, avec ses six wagons, le rédacteur de l'article n'a pas voulu joindre une photo du maintenant trépassé quidam. Par ailleurs, la SNCF n'aime pas ce genre de publicité. Elle préfère l'affiche « Avec le train vous y seriez déjà. », une grosse locomotive électrique sur un fond de ciel bleu.

Le quai était désert à cette heure matinale, la police-nationale a fait un appel à témoins. Que ferait la police sans les bavards ??

….

Quand la gamine se réveille, Sasha essaye doucement de la faire parler un peu, de lui faire dire son prénom ou n'importe quoi, mais rien ne sort de sa bouche…

Il lui a aussi demandé de l'écrire mais le crayon tremble trop dans ses doigts pour écrire ou dessiner quoi que ce soit. Le crayon devient sismographe. Il passait alors de longues minutes à la calmer, en la serrant doucement dans ses bras en faisant attention de ne pas lui faire mal.

Il ne pouvait quand même pas retourner à Monoblet avec elle, dans cet état, sur une moto. Il y a presque neuf cents kilomètres de route…

Il restait le train…

Il savait bien que Didier serait d'accord de garder sa machine le temps qu'il voudrait, il avait assez de place dans son atelier. Comme cela, le mécano ne sera pas sous pression pour les mises au point de la machine. Il n'y a rien de plus chiant que d'entendre souffler ou ahaner bruyamment dans sa nuque quand on règle un jeu de soupapes. Surtout sur une machine anglaise. Elles sont tellement susceptibles…

La bécane est déjà payée, c'est ce qui compte. Sasha la récupèrera plus tard.

Après plus de quatre jours, il commençait vraiment à y tenir à sa naufragée, peut-être pas encore autant qu'à sa bête Norton S40 mais il se voyait de moins en moins se séparer de l'une ou de l'autre.

…..

Et il y a eu cette rencontre au Monoprix, boulevard des Alliés. Dans le rayon des crèmes et des desserts. Avec son panier de plastique rouge, Sasha ne sait que choisir pour sa petite Moïse de l'Orne.

-Vous n'auriez pas dû faire cela. Elle était déjà chez nous. Il fallait l'accepter. C'est du gâchis… Au nom d'une crétinerie d'héroïsme, vous avez choisi de vous acharner, de la « sauver » comme vous dites, mais c'était une erreur… Das war einem Irrtum... La **sauver** de quoi, d'ailleurs ??... Elle était si bien avec moi...

-...

-Irina adore cette crème aux noisettes... Vous ne pouviez pas faire cela... Elle voudra revenir avec moi... Je viendrai la rechercher...

La femme, qui lui a dit tout cela, est à côté de lui, dans le rayon. Elle n'a rien en main sinon un casque de moto d'un autre âge et tout défoncé. Personne d'autre dans les parages. A part un gars qui choisit son porridge deux rayons plus loin. Il ne rêve donc pas. C'est bien à lui qu'elle a parlé. En articulant bien sur le IRRTUM.... L'erreur...

Elle a de longs cheveux blancs comme de la paille et des yeux, qu'il devine très clairs, cachés derrière des lunettes foncées. Elle doit avoir une bonne trentaine d'années... et est sans doute très belle, malgré des lèvres presque noires et un maquillage digne d'une voiture volée. Il ne pouvait pas savoir que ce maquillage cachait sous l'oreille, le début d'une très longue cicatrice.

Sasha voudrait lui demander de qui et de quoi elle parlait, mais elle est déjà partie. Il pense alors avoir eu affaire avec une cinglée, une de ces braves filles au cerveau secoué... Pour s'en convaincre, il suffisait de regarder son blouson.

Un cuir noir clouté aux manches, avec dans le dos, une tête de mort blanche, entourée des ailes jaunes et rouges des Hells Angels. Une jupe courte et étroite en cuir sur un jean presque noir. Aux pieds, des grosses bottines de militaires, des rangers de couleur fauve. Un accoutrement de pieds nickelés, de cinglés, pense Sasha.

Les Hells Angels, venus de Californie, réfutent les doctrines chrétiennes de paradis et d'enfer. Pour eux, l'enfer est sur terre. Ils ne doivent pas avoir tort... Surtout si on se promène avec des godasses de presque deux kilos chacune et qu'on roule en moto avec une jupe pareille ...

Mais sur le coup, c'est Sasha qui est secoué. Lui qui croyait avoir tout vu, tout entendu. Il repense au prénom entendu, Irina. Il faut qu'il le retienne. Ce n'est pas un prénom qui court les rues… IRINA.

A la caisse, en poussant son panier sur le tapis, entre deux pots de yaourt, ses bocaux de saucisses de Francfort, il trouve une carte de tarot napolitain. Celle de l'Arcane sans Nom.

Un squelette, sous une armure du moyen-âge, montant un cheval blanc. La carte, la plus redoutée du tarot, signifiant l'invincibilité de la mort, personne ne peut y échapper, mais aussi son universalité.

Universalité symbolisée sur la carte par la représentation de femmes, d'hommes et d'enfants. La renaissance elle, est symbolisée par le soleil jaune, presque rouge, qui se lève dans le fond de la carte. Les reproductions des hommes et des femmes sur la carte ont été biffées d'un trait de crayon rageur… Restait la représentation des enfants.

Il demande un bic à la caissière pour noter le nom donné par la cinglée. IRINA. Il en profite pour se renseigner sur la proximité d'une pharmacie. Mathias a prescrit de l'Atarax en sirop pour aider la gamine à dormir, et peut-être, apaiser ses crises d'angoisse.

….

Grosse surprise cet après-midi, le toubib est revenu avec toute une machinerie embarquée dans une camionnette. Une Citroën, type H, transformée en van pour chevaux. Un antique appareil de radiologie mobile Siemens, y est arrimé avec de grosses sangles. Deux ballots de foin le protègent des chocs. Il a trouvé l'engin dans un haras près de Rouen. Le propriétaire s'en sert pour faire, lui-même, les radios de ses canassons blessés. Il économise pas mal de frais de vétos. Mathias vient souvent ruiner son arrière-train sur les selles de son manège, il n'a eu aucun mal à l'emprunter.

L'éleveur voulait bien venir faire les radios lui-même, mais l'usage de l'engin étant assez rudimentaire, Mathias s'en occuperait seul. Ce gentlemen-palefrenier poserait trop de questions. L'engin, monté sur de grosses roulettes, semble sorti directement, d'un film de sciences fiction et ils ont eu beaucoup de peine pour le pousser dans la réalité du petit studio.

Après avoir posé une plaque sous la tête de la gamine, notre apprenti radiologue a enfilé un grand tablier de plomb et de cuir. Ainsi équipé, Mathias lui a fait deux radios de la tête et une autre du thorax en s'éloignant chaque fois de l'appareil comme si celui-ci allait exploser ou lui manger une main.

....

Depuis l'accident de la gamine, il revenait parfois tard le soir, après ses consultations. Il défaisait les pansements pour bien nettoyer la plaie et ronchonner puis il laissait Sasha se débrouiller avec de nouvelles bandes. Ils ne se disaient pas grand-chose, se parlaient en allemand, tout bas pour que la fillette ne comprenne pas. Celle-ci dormait mieux maintenant et prenait ses deux cuillères de sirop sans rouspéter. Merci aux arômes vanille et noisettes de la médication.

Souvenirs d'Indochine et parfois gros éclats de rire, la bouteille de Calva du père Magloire, elle, n'en sortait jamais très glorieuse. Deux anciens poilus de la grande guerre au café de la Paix, un soir de 18 novembre. Et attaquer une partie d'échecs bien sûr. Interminable comme une messe de funérailles.

Mais ce soir-là, le ton est plus lent, le sujet de discussion plus délicat aussi. Sasha pouvait-il garder la fillette pour la faire soigner, alors que ce n'était pas sa fille. Les deux hommes devaient trancher pour savoir ce qui était le mieux pour elle.

....

Les radiographies ont révélé un très léger enfoncement de la boite crânienne et un hématome sous dural. Moins grave que redouté, mais Mathias réclamait quand même une décision de Sasha pour hospitaliser la gamine. Seule une opération chirurgicale pouvait, à terme, la mettre hors de danger. Il fallait qu'elle passe sur le bloc, afin d'éviter de potentielles complications. Et pour être opérée, il faut l'autorisation des parents ou du tuteur... Ou passer par les autorités, donc beaucoup de tracasseries, de papiers, des questions. Plein de questions...

Les radiographies ont révélé d'autres fractures, une au bras droit et une côte mal ressoudée. Fractures bien antérieures à l'accident. La gamine n'a pas été hospitalisée pour les soigner, les réduire.

Alors pour Mathias et Sasha, retrouver les parents n'est plus du tout une priorité... Ils ont commencé le boulot en la sauvant de l'Orne, ils devaient le terminer. Et rapidement. Les pansements ne suintaient plus et restaient propres, ce qui était bon signe. Ils pourraient bientôt se bouger d'ici.

Et toujours pas d'informations sérieuses sur la petite rescapée.

Mis à part, sa rencontre au Monoprix, qu'il aurait voulu mettre sur le compte d'une illuminée, d'une branquignole... Sasha l'a quand même appelée Irina, ce matin. Tout doucement. Pour observer sa réaction. Elle n'a pas eu l'air surprise. Il a cru voir un petit sourire dans ses yeux. Une étincelle. Elle s'appelle peut-être ainsi, mais ce qui est certain, est son adoration pour les crèmes aux noisettes.

Sasha commence vraiment à s'attacher à elle. Il n'allait quand même pas devoir l'adopter maintenant. Ses yeux se brouillent en la regardant dormir… Cette gamine n'est pas un petit chat perdu qu'on ramène à la maison, parce qu'il est mignon. Non. C'est une enfant et il n'a rien à voir avec elle. Il s'est contenté de la sortir de l'eau c'est tout. Il a fait son boulot en la sauvant. Point barre. Merde enfin… Et à Monoblet ??? J'en fait quoi ??? Il comptait sur Mathias pour trouver une solution.

Des papiers, par exemple… Une pièce d'identité ou un passeport. A Paris, du côté de Barbès, on doit pouvoir trouver cela.

…..

Cela lui apprendra à aller fumer dehors en pleine nuit quand il a des insomnies. Il n'aurait rien vu, rien entendu et aujourd'hui il remonterait tranquillos avec une belle Norton S40 toute remise à neuf.

La dernière fois qu'il est venu voir Mathias, avec son antique BMW, il avait fait étape au Mans, dans un hôtel de routiers « Chez Tatiana », où la réceptionniste était vraiment trop sympa. Elle l'avait aidé à trouver un coin dans le garage de l'hôtel, pour sa BMW.

Elle aussi passionnée de motos, de cache-soupapes chromés et autres carburateurs Weber. Double-corps... Plus tard dans la soirée, la conversation est devenue moins mécanique, et beaucoup plus amusante. Sasha aurait aimé que la réceptionniste s'appelle Tatiana ou Marylin, avec ou sans Monroe, mais non, son prénom était Fernande.

Un prénom de camionneur lui a-t-il dit. Cela ne l'a pas fait rire beaucoup. Il a dû être beaucoup plus gentil pour se faire pardonner. Et il a été pardonné et aurait aimé y refaire étape cette année.

….

Mais ce soir, il est devant un tout autre problème, trouver des fringues pour une gamine maigre comme une tige de soupape.

La petite n'a aucun vêtement. Si ce n'est un short trop grand et une blouse affreuse trouvés chez Monoprix. Il n'allait pas sortir en rue, avec elle habillée comme ça. Dans les dix minutes, un fourgon de police les embarquerait. En plus, elle n'a pas de chaussures.

Mathias devait l'aider sur ce coup-là. Mathias ou sa femme, Jeanine. Oui, Jeanine pourrait faire cela. La pointure de la fillette est un autre problème, il n'a aucune idée de la façon de mesurer sa taille. Lui, à part calculer la portée d'un canon de 20 mm… Par temps clair et sans vent de plus de trente kilomètre heure…

Sur la guerre et les champs de bataille, Sasha est incollable… Sur le reste, c'est autre chose.

….

Sasha Bauer, 1947

En Indochine, il manqua bien vite de chair à canons et la légion étrangère arriva. Toute fraîche. Tout d'abord le premier régiment étranger, les pionniers. Avec leurs barbes bien taillées leurs beaux tabliers en peau de buffle couleur fauve et leurs épaulettes rouges. La hache à l'épaule et leurs stupides musiques rythmées par les fifres.

Plus tard est venu mon régiment, le deuxième régiment étranger d'infanterie. Avec déjà beaucoup moins de tintouin et sans musique aucune…

Les Français ne comprennent rien du tout à ce nouveau genre de combat et les pertes sont énormes. Les Vietnamiens, eux, connaissent leurs champs, leurs forêts, leurs villages et se cachent dans des trous minuscules pour en sortir comme des démons et nous tirer dessus comme dans un champ de foire.

C'est au cours d'une de ces embuscades que je suis tombé sur Mathias. Un toubib qui posait un garrot, ou on ne sait quoi, sur un blessé à la lisière d'une stupide forêt. Avec sa grande Croix-Rouge sur le casque, il se croyait à l'abri… Quand les tirs ont commencé, il a voulu continuer son boulot. Quoiqu'on puisse en penser, les toubibs ne sont pas toujours très malins… Une balle lui a traversé les muscles de la jambe pour ensuite, exploser son fémur. Une conscience imbécile de héros que je ne suis pas, m'a poussé dans le dos pour aller y voir de plus près.

J'ai dû choisir entre le sauvetage du médecin et celui de mon lieutenant, le garrotté... J'ai choisi le premier. Dans un conflit aussi pourri, on a plus besoin de chirurgiens qui réparent les blessés que de lieutenants qui les fabriquent.

J'ai donc tiré le toubib par les bras, comme un vulgaire sac de riz, avant de le taper sur mon épaule et le mettre hors de portée des balles vietnamiennes. Toutes made in France, d'ailleurs... Par miracle, les tirs se sont tus à ce moment. Technique éprouvée de la guérilla. Le combattant, « le terroriste, le viet », sort de sa cache, tire dans tous les sens, « neutralise » un maximum de gars et se retire aussi vite, avant que l'adversaire ne puisse réagir. Marées montantes et descendantes meurtrières.

Un médecin sauvé « au péril de ma vie », j'aurais normalement eu droit à une médaille. Si mon lieutenant m'avait cité à l'ordre du jour. Celui-ci prétextant de son incapacité éternelle, n'a pas voulu le faire. Donc pas de médaille pour moi.

Pure mesquinerie.

La vie sur le front est ainsi faite. Mais comme j'ai déjà eu deux Croix de guerre sur le front de l'Est à Koursk et à Smolenks, j'en ai assez.

Même si je sais que je ne pourrai jamais défiler, un 14 juillet, à Paris, avec celles-ci.

....

Je fais, aujourd'hui partie des presque trente mille allemands qui, au sortir de la guerre, se sont engagés, un peu contraints et forcés, dans la légion étrangère française.

Nous avons été libérés en 1945 des camps tenus par les Français, contre un contrat de cinq ans. Les conditions de vie et la faim dans ces camps étaient terribles. On réglait une ardoise... On n'allait pas se plaindre. J'ai appris plus tard l'existence des camps de la mort, images à l'appui. Merci Paris-Match. Auschwitz, Teresina. J'ai eu honte d'être allemand.

De toutes façons, plus rien, plus personne ne m'attend à Dresde. A part des souvenirs ensevelis sous des mégatonnes de décombres et de cendres. Depuis plus deux ans, je n'ai plus de nouvelles de ma mère.

Dresde a été anéantie sous un déluge de bombes incendiaires en février 45 et, cerise sur le gâteau, est maintenant occupée par les Russes. Il est hors de question de pouvoir y retourner un jour.

J'ai vu les photos de Notre Dame de Dresde, la « Frauenkirche ». Aussi dans Paris Match. Il n'en reste rien. Deux vagues successives de bombes incendiaires ont eu raison de ma petite ville. Tout le centre historique a disparu et même les rails de tram se sont tordus sous la chaleur. La Florence du Nord est un souvenir…

Les photos sont épouvantables. Même en noir et blanc.

Mes deux dernières lettres envoyées sont revenues avec la mention « adresse inconnue ». On n'a jamais su le nombre de victimes, faute de pouvoir les compter. Pour évaluer le nombre de civils tués, les autorités pesaient les cendres retrouvées dans les ruines pour faire des estimations. Un chiffre de quarante mille morts a été noté. Je sais que ma mère est parmi les victimes. Je le sais maintenant. Le garage où je bossais ne répond pas non plus. Sans doute rasé de la carte lui aussi.

….

Sept ans plus tard, en 1953, mon régiment a été péniblement reconstitué au Maroc puis en Algérie. Après les pertes énormes de Dien Bien Phu, et les désertions en masse lors du retour en France métropolitaine. La légion quittait l'Indochine. Sans gloire aucune…

Moi, je suis déjà reparti depuis quelques mois, à la suite d'une vilaine blessure. Et d'un certificat d'incapacité délivré par le lieutenant médecin Mathias Heinri.

Je me suis ensuite retrouvé au Maroc pour revalidation, puis en Algérie à Oran. La France, avec toutes ses colonies, ne manque heureusement pas de boulot pour les mercenaires de la république.

En ce début d'année 1953, Sasha est déjà un vétéran d'Indochine. Après quatre mois de repos ou plutôt de convalescence à Tanger, il a été versé dans le premier bataillon étranger de parachutistes du côté d'Oran en Algérie.

A Sidi-Bel-Abbès, « Biscuit ville » pour les légionnaires, la vie est tranquille. La petite ville dispose maintenant de toutes les installations d'une grande ville de la métropole, avec un nouvel hôpital, des cinémas, des commerces et restaurants.

Pour dégourdir les légionnaires permissionnaires, le quartier Bugeaud s'ouvre à eux avec des femmes venues de métropole. Les françaises se montrent plus « faciles » que les algériennes. La loi sur la fermeture des maisons closes ne semble pas d'application en terre musulmane. L'entrée du quartier est surveillée et il faut des papiers de permission en ordre. De plus, un passage à l'infirmerie, avant et après est obligatoire

Les services tarifiés et les inspections minutieuses ne plaisent pas à Sasha Bauer, qui délaisse très rapidement le quartier Bugeaud.

C'est à Oran qu'il a rencontré Ismalda, au guichet de la gare, où la belle algérienne délivrait, parcimonieusement, son sourire et, obligeamment, des tickets de trains. Il devait se rendre à Alger pour compléter ses papiers militaires. Sasha est souvent retourné au guichet de la gare, et se montrait très patient pour être dans la bonne file. Il profitait et abusait d'une navette en jeep pour aller un peu trop souvent en ville, pour toutes sortes de bêtes renseignements.

....

Chapitre 5

« Une belle mort demande beaucoup de savoir vivre »

Piem

Cabourg, jeudi 21 juin 1962,

Fin d'un solstice d'été. Un gros coup de vent charrue la Manche de creux effrayants. Une inversion des températures, sans doute. Quatre jours qu'il fait chaud à mourir.

Mais ce ne sont, ni le vent mauvais, ni la pluie qui empêcheront ce brave Monsieur Abramov de fermer l'œil. Le bonhomme dort du sommeil du juste, la conscience tranquille, diront les imbéciles qui n'ont jamais eu d'insomnies.

La petite soixantaine rondouillarde, mais peu sympathique, le personnage vit seul. Séparé de son épouse depuis toujours ou presque. Séparé seulement, dans la famille Abramov, on ne divorce pas. Il n'a donc jamais voulu signer les papiers. Connu dans la bonne société cannoise, il est membre de plusieurs confréries du Calvados. L'honorabilité d'un sociétaire se mesurant souvent à l'aune de la fortune du postulant…

La rumeur prétend cependant qu'il aurait des fringales, non seulement de pommeau fermier ou de délicieux fromages au lait cru, mais aussi de…

Une fois, mais il y si longtemps, une gosse en a parlé à son père. Elle revenait vers la maison, près du casino. Une Peugeot noire, très reconnaissable à son capot avant, s'est arrêté à côté d'elle. Un gars l'aurait prise par un bras en lui proposant de la ramener à la maison. Une femme, plus loin sur un banc, lui a crié de ne pas monter dans l'auto…

Elle a heureusement pris peur et a hurlé. Avant de s'encourir comme une dératée pour traverser le petit parc. Sauter les hautes bordures de ciment. Là il ne savait pas la suivre. La trouille de sa vie, que cette gamine a eu.

Le père est allé à la gendarmerie pour témoigner. Sous la pression des questions, la petite n'était déjà plus tellement sûre que ce soit vraiment une Peugeot. Les Renault Juvaquatre aussi, ont un capot allongé. Comme les Simca Aronde. Et le soir, pour la couleur, peut-on être sûre que ce soit une noire ou une verte foncé ? Et l'homme ? Lunettes ou pas lunettes, cheveux ou pas cheveux ? Il faudrait savoir. C'est important. La gamine est ressortie de la gendarmerie en pleurant. La déposition n'a pas été enregistrée… La femme du banc n'ayant jamais témoigné… Jamais recherchée, non plus, sans doute. Trop souvent, les enfants, ils mentent. Ils en rejoutent, pour se rendre intéressants….

Pas de vagues, surtout pas de vagues. Il n'y a pas plus de pervers dans le Calvados que dans l'Oise ou le Cantal. Même si ce n'est pas le premier témoignage de ce genre. On a pu recueillir de maigres indices sur une plaque minéralogique d'une Peugeot foncée. Ils reposent en paix dans le fond d'un tiroir de la police judiciaire. La rue des Jacobins de Caen n'est pas le Quai des Orfèvres à Paris.

….

Dans le manoir, cerné par les bourrasques, il ne manque que le tic-tac d'une lourde horloge de parquet et le croassement de quelques noirs corbeaux pour planter là un décor à la Hitchcock. Mais il n'y a plus de corbeaux dans le Calvados. Quoique…

Là-haut, Abramov, Arnold Abramov, huissier de justice de son état, est plus contrarié qu'étonné de sentir cet énorme courant d'air. Coup de vent qui s'engouffre, sans retenue aucune, dans la cage d'escalier, s'amusant à faire claquer le vasistas de la salle de bains.

Ce bruit l'agace. Et il doit pisser…

Il n'est pas encore deux heures. Foutu courant d'air venant de la fenêtre de la chaufferie, sans doute. Elle se ferme mal depuis que cet idiot de plombier en a cassé le loqueteau. Il ne s'en est jamais trop préoccupé. De toute façon, des barreaux la protègent et à part un chat, personne ne peut passer par là.

Après un maraudage dans le frigidaire où un fond de rosé d'Anjou fait les frais de son mauvais goût, notre incontinent remonte en fermant avec soin toutes les portes.

La chambre l'accueille dans le noir. « Saloperie d'ampoule...», sera une de ses dernières injures...

….

A son réveil, le grossier se vautre sur le dos, torse nu sur ce beau parquet ciré avec soin par cette brave madame Laguaide. Les poignets entravés au lourd radiateur de la chambre. Il transpire beaucoup. Une respiration courte et bruyante, presque insolite, ponctue cette atmosphère qui se voudrait intimiste…

En levant la tête, il peut distinguer une silhouette assise sur le lit, sur son lit. Une silhouette qui lit, tranquillement, avec application. Son doigt sur les lignes. Comme à l'école. Il reconnait aussi l'Agnus Dei qui tourne sur sa platine Phillips, avec, hélas, le volume beaucoup trop haut. Les aigus lui transpercent le crâne.

Il ne supporte pas que l'on puisse toucher à sa collection de 33 tours. Ni à sa platine, d'ailleurs. On va lui griffer ses magnifiques vinyles pressés en stéréophonie et qui sont toute sa vie. Enfin, qui étaient toute sa vie.

Chaque fois qu'il relève la tête pour tenter de voir le coupable, un tiraillement dans le cou l'oblige à la reposer lourdement sur le plancher.

Ses côtes ont dû exploser. Une batte de base-ball, blanche et rouge, posée là, contre le radiateur, le surveille, encore menaçante.

- Bonsoir Abramov, tu m'as reconnu ?

- ..

- La petite Louise…. La gamine du square qui mettait ses bas… J'ai grandi, non ? dit-elle en tournant sa page. Sans même le regarder.

La voix est sourde, rauque, contenue de rage.

- Une fille ça change, tu sais. Mais, aujourd'hui je ne pleure pas, je ne crie pas. Je n'ai plus quatorze ans. C'est pour cela que tu ne me reconnais pas. Et en plus il faisait noir dans le parc. Tu te rappelles ? Tu me faisais bouffer les graviers et l'herbe en me tordant le bras…

Louise dépose maintenant son livre bien à plat sur le lit pour ne pas perdre sa page, comme ennuyée de devoir interrompre sa lecture…

- - C'est qui qui t'a arrangé comme cela ?... Elle a de bonnes dents en tout cas.

-

Le Benedictus succède à l'Agnus Dei. Une voix grave et monocorde, mais de circonstance, quoiqu'un peu en avance. Normalement celui-ci se récite aux matines, pour la liturgie des heures. Un son confus, inaudible sort de sa bouche…

Abramov répète peut-être le Benedictus. Pour le repos de son âme… Cela y ressemble… La mauvaise haleine en plus.

….

Louise semble très calme, prend dans ses mains l'icône de la vierge Marie sur la coiffeuse, lui donne un mécréant baiser pour ensuite la retourner vers le mur. Toutes les Vierges de Moscou et de Kiev, du Caucase à la Volga, ne peuvent plus rien pour Abramov. Il est trop tard.

Il y a douze ans, Arnold Abramov, pour quelques moments de plaisir bestial sur une fille de quatorze ans, a vendu son âme au diable. Celui-ci pouvait donc en disposer à sa guise. Il se trouve qu'il en avait envie ou besoin aujourd'hui.

Il a donc pris ses aises sous la table en marqueterie du palier. Et il attend… Le museau dans ses pattes…

Le diable est patient. Très patient même. S'il n'avait qu'une qualité, elle s'appellerait « Patience », une patience d'ange. Il a d'autres qualités, comme la tolérance et l'humour. Pas toujours de très bon goût, d'ailleurs. Son « Contraire », Dieu, n'a ni tolérance ni humour. C'est affligeant.

En fait, on ne sait toujours pas qui est le « Créateur » de l'autre…

….

Abramov a peur, une trouille terrible. Il sait que cette fin de nuit va être difficile.

Il est secoué de convulsions. Louise doit le gifler pour le calmer. La cicatrice sous l'œil suinte à nouveau. C'est dégoûtant.

- Tu riais plus quand c'était toi qui me mettais des claques pour me faire taire, pour que j'arrête de crier, hurla-t-elle en empoignant son sac.

Elle en ressort un petit couteau très fin, très affuté. Dernier cadeau de son papa. Louise a passé un temps fou à le ciseler, le décorer délicatement de motifs naïfs. De chaque côté du manche, trois petits bonshommes, tout ronds, montant sur les épaules de l'un et de l'autre. Un rouge, un blanc et un noir. Trois est son chiffre fétiche. La Sainte Trinité chez nous ou les Triades chez d'autres.

Pour Louise, c'est le conte tout simple des trois petits cochons qui la fascine. Elle adore cette stupide histoire d'une mère aimante qui vire ses trois gosses dans la forêt pour qu'ils puissent se faire bouffer par le loup. Le plus sympathique de la bande, pour Louise, c'est le loup. Il fait le boulot. Point.

Le moins sympathique, c'est celui qui se vautre là, maintenant, devant elle, dans sa transpiration, dans ses petites odeurs, dans sa petite maison en briques.

- Tu peux me raconter … Mais dépêche-toi… Où est la gamine ??...

-…..

Elle resserre alors un peu l'étau formé par ses cuisses et ses genoux sur les côtes d'Abramov. Et Louise n'est pas un poids plume. Avec ses crises de boulimie et ses régimes à répétition, elle a une surcharge pondérale conséquente. Le cuistre, sous elle, en conviendra aisément.

La pointe de la dague chatouille sa narine, qui saigne déjà. On saigne vite du nez. Il sait qu'elle est prête à tout.

- Je vais reposer ma bête question… Où est celle qui t'a mordu là ??… Madame Ferat, de l'épicerie, a remarqué ta Peugeot près de l'église, vers les neuf heures, ce jeudi-là… Tu rôdais. Tu te cherchais une fille, sans doute, et tu as vu la petite qui traînait sur la nationale… Madame Ferat te connait, elle n'est pas épicière pour rien. Tu vas souvent dans ce coin-là, toucher tes loyers… Peut-être même que tu la connaissais cette petite, Monsieur le propriétaire ?

-….

Abramov transpire de plus en plus, a du mal à respirer. Il s'étrangle, tousse et radote avec incohérence….

Des bulles de salive rougies de sang sortent de sa bouche, de son nez. Créant un fond sonore de vieille cornemuse trouée qui peine à retenir l'air. …

Abramov va la lâcher…

Le plancher de madame Laguaide est déjà dans un tel état. Tristesse.

Instants magiques où la mort reprend lentement le pas sur la vie. Deux états qui vont se superposer, un instant seulement, dans une forme de sublimation. Cette fameuse ligne verte de l'horizon quand le soleil se couche sur la mer…

Louise le regarde, l'observe. Dans ces moments-là, elle a toujours les mêmes picotements, cette même félicité dans le ventre….

Les dernières notes du Miserere se sont écroulées d'ennui depuis longtemps dans le sillon sans fin du disque….

….

Louise réouvre les yeux, respire à fond, se détend un peu en vérifiant les attaches d'Arnold. On ne sait jamais…

Elle va pouvoir se détendre dans un bain bien chaud. La baignoire semble parfaite et l'attend. Débordante d'une eau fumante, elle y vide le reste d'un flacon de sel de lavande. Abramov n'en saura rien.

Louise fait un dernier tour de piste. Par acquit de conscience, fouille rapidement les autres chambres de l'étage et monte au grenier, mais aucune trace de la petite …

…..

Quand elle revient, seulement vêtue d'une sortie de bain en soie bleue, son Belzébuth a déserté le palier et est déjà parti, sans un bruit comme un voleur de conscience qu'il est.

Seules, quelques minuscules traces de sang sur le nez de la marche attestent qu'il a bien emporté l'âme maudite. Elle les frotte vite fait. Par respect pour le travail de Madame Laguaide.

Une douce et indéfinissable odeur flotte sur le palier. Elle aime beaucoup cette fragrance mêlée, pimentée. Une odeur de soufre et de poils mouillés… L'enfer a maintenant envahi toute la pièce. Elle adore. Elle l'apprécie comme un fumeur abstinent. Seuls ceux-ci peuvent vraiment apprécier l'arôme d'un bon cigarillo.

Elle prend sa batte de base-ball, la dévisse et la tape dans son sac.

Louise a tout son temps, Madame Laguaide est venue ce matin, donc elle est tranquille jusque jeudi prochain et peut être plus, si la grenouille, ses seaux et autres serpillières ont posé leurs congés pour le mois de juillet.

Tout en se séchant, elle farfouille dans le bureau, attenant à la chambre.

Elle ne semble pas chercher quelque chose de bien précis. Elle chipote, furète, ouvre des commodes, des armoires. Trifouille dans les piles de linge, referme les meubles avec soin. Pique une gitane d'un paquet cartonné qui traîne sur un plateau et se l'allume. Aspire une longue bouffée gourmande.

Tranquillement. Avec volupté. Le reste du paquet prend ses quartiers d'été dans son sac. Des gitanes maïs… Un péché.

La voleuse de gitanes s'installe maintenant derrière un gros secrétaire en acajou. Procède à l'inventaire des tiroirs, pour finalement en enlever un complètement. Celui-ci glisse trop bien et semble moins profond.

….

Louise est devenue une spécialiste. Voilà sept ans qu'elle cherche son agresseur... La seule indication qu'elle ait, tient dans la marque et le modèle de voiture, une Peugeot. Et la tronche, le regard de son violeur, bien sûr. Inoubliables.

Les informations données par l'épicière à Houlgate ont été précieuses, décisives. Une mine, cette commerçante…

Une semaine à triturer les annuaires, les bottins à la poste. Une employée du bureau lui a demandé si elle cherchait son amoureux… Louise a pu le localiser, puis le surveiller, et enfin le reconnaitre vraiment…. Même si celui-ci avait changé de bagnole… Toujours une Peugeot, toujours la même couleur croque-mort…

….

De sa main libre, Louise explore le fond du meuble et en ressort, triomphante, une grosse clef très compliquée, quelques petites enveloppes et surtout un petit carnet plein de notes, de rendez-vous, d'adresses. Celui-ci prend le chemin du grand sac avec les enveloppes remplies de jolis billets tout neufs. Billets de cinq-cents francs nouveaux, les Molières, il serait stupide de les laisser là. Ils sentent déjà le moisi… Etant la découvreuse du trésor, celui-ci lui revient de droit. Dans son entièreté. Louise a un code civil très personnel. La clef compliquée cherche maintenant une gentille serrure qui voudra bien d'elle. Toutes les clefs ont une serrure, et vice-versa. En principe.

Un tableau de Monet sur le mur de la chambre ne l'intrigue pas très longtemps. A force de travailler.... Une trop sombre et grossière reproduction, de la série « Cathédrale de Rouen ». Trop de teinte orange pour être un vrai. Pour les peintures, Louise n'est pas une experte de chez Christie's... Dommage pour elle. Louise ne savait pas que cette année-là, Monet avait été opéré des yeux et voyait tout en jaune criard...

Le coffre, évidemment ? Louise, là, a bien deviné. C'est un vieux coffre à barillets, un Chubb and Son, le 57, qui n'a pas de codes, juste une clef très compliquée. Les Chubb and Son sont les préférés de Louise et ont été très prisés dans les secondes résidences de la côte fleurie. Un incontournable pour les Parisiens....

En plus d'une forte odeur de renfermé, de vieux papiers, quelques liasses de billets verts en vingt dollars américains, les fameux Jackson, et quelques maigres dix dollars. En prime, quatre petits lingots d'or d'un demi-kilo. Avec les estampilles. Ce n'est pas encore la banque de France, mais c'est pas mal quand même.

La peur des « évènements en Algérie » et d'une prochaine dévaluation. C'est beau la confiance. Voilà toutes petites choses qui partagent maintenant l'intimité des gitanes dans son sac.

Ayant couvert ses besoins immédiats de trésorerie, elle se sert un gros doigt de cointreau, prend le petit carnet bordeaux pour le feuilleter, curieuse et bien calée dans un magnifique club de cuir râpé, donc confortable. Louise ne comprend rien de ce qu'elle lit et va le taper dans son sac quand la date du 10 mai lui apparait. Le nom de Sonia y est associé. A plusieurs autres dates aussi. Abramov et la Querjean... Ses absences de l'atelier... Ses week-ends à Brest pour voir sa mère... La fugue d'Irina ce jour-là...

Une colère noire l'envahit, lui mange le ventre…

Louise reste un moment sous le choc et se lève. Elle est sonnée. Reprend un doigt de liqueur, pour tomber à nouveau dans le fauteuil, le carnet en main. Maintenant, ce sont des couteaux qui lui brouillent la vue.

- On devra avoir une petite explication à deux…

….

Il y a plus d'un mois, c'est Sonia qui lui en a parlé de la disparition de sa gamine. Ses yeux sont rouges, gonflés. Elle parle d'une fugue. Déjà deux jours de disparition. Elle n'ose pas aller à la gendarmerie. Son mari lui ferait une vie d'enfer à son retour.

Ce jour-là, Louise, l'a crue. Bêtement. Elle était déjà folle de rage contre Sonia, mais l'a vraiment crue. Sonia aurait dû faire du théâtre… Elle paraissait tellement déchirée de chagrin...

Louise en crève. Elle se revoit avec son petit chou le long du canal. Irina dans son lit, avec le gros chat. Irina avec ses deux doigts en bouche. Irina lui caressant les cicatrices sur son visage…

….

Elle se lève pour fermer le coffre et rependre le lourd tableau au mur. La clef retrouve son obscurité et sa tranquillité, dans le fond du meuble. Louise peut remettre ses propres vêtements. La jolie sortie de bain en soie bleue prend le chemin des trésors déjà engloutis.

L'aiguille du tourne-disque ne se lasse pas de son chuintement rauque…

Louise n'a plus de comptes ouverts dans cette maison, mais en a un nouveau qui s'ouvre avec son amie. Avec son ancienne amie. Son ennemie…

Eole a enfin dépassé les côtes normandes, apaisé. La pluie ne claque plus sur les vitres rageusement. Heureusement pour Louise qui, elle, n'est pas apaisée et devra encore se taper plus de vingt kilomètres avec son Vespa.

....

Le corps d'Abramov ne fut découvert que le vendredi suivant. L'odeur était intenable. La malheureuse Madame Laguaide, en prévenant les gendarmes, se demandait qui allait lui payer son mois de juin.

La peu bucolique carcasse accompagnée de ses mouches furent transférées, en convois séparés, à la morgue du nouvel hôpital de Caen pour autopsie. Le rapport remis à la police prend quatre pages. Le légiste a constaté entre autres, des « contusions multiples » portés à la tête qui toutes sont post-mortem. Contusions d'une violence inouïe. Un feu d'artifice. Du jamais vu, dira le médecin.

....

.... De sa première rencontre avec Abramov, Louise s'en est sortie, mais en a gardé une certaine amertume. Sauvée peut-être, mais pas par Dieu. Dieu, lui, s'en fout des gamines que l'on viole, trucide ou découpe en morceaux... Une dernière poussée d'adrénaline la réveillée, secouée.

En le repoussant sur le côté, Louise a réussi à se relever, à fuir. Remonter la rue Saint Jean en courant se cacher dans le cimetière encore plein de gravats des bombardements. Elle le connait bien ce petit cimetière, c'est là qu'elle a appris à fumer...

Le retour à la maison n'a pas été comique du tout.

Personne ne l'a crue, n'a voulu la croire, même pas sa mère. Malgré les traces dans son cou et tous ses bleus. Pour son père, c'est juste un rendez-vous amoureux qui a mal tourné et

Louise fait la comédie, comme toujours. Et comme toujours, sa mère ne l'a pas contrarié. Une petite putain, dira son père… Une allumeuse qui s'est fait prendre à son propre jeu.

….

Louise en quittant la chambre n'a pas supporté le regard mauvais d'Abramov. Elle a repris la batte de base-ball de son sac.

« Comme dit Verlaine au vent mauvais, je suis venu te dire que je m'en vais »

Normalement, c'est une si gentille fille…

…

Abramov fut, selon les vœux de sa tendre épouse, mis en terre une fois le permis accordé par la mairie. Très discrètement. Pas de messe, pas de tralala. Sa femme aurait voulu le faire incinérer, que l'on puisse le brûler deux fois, qu'il n'en reste rien. Mais à Caen, il n'y a pas encore d'incinérateur et il aurait fallu le conduire au Père Lachaise, à Paris, pour craquer l'allumette et s'en débarrasser.

Arnold Abramov ne voulait pas y aller de lui-même. Mal de tête, dira-t-il…. Assommant. Il aurait fallu l'y conduire…

Pour qu'il ne puisse quand même jamais revenir, la veuve a exigé des pompes funèbres que le corps soit posé sur le ventre dans le cercueil, avec une pierre sur le dos… Vielle « tradition » du nord de la Pologne…

Ils ont été horrifiés… Juste le temps de jeter un œil dans la « petite » enveloppe. La veuve, comme le veut la coutume, a fourni la pierre…

Au cimetière, il n'y a personne. Un gros chat roux qui prend le soleil quelques dalles plus loin. En se fichant pas mal de l'arrivée du nouveau pensionnaire. Il a deviné que celui-là n'aura jamais de dalle-solarium et est donc d'un intérêt plus que nul. Et deux confrères sans doute, tout de gris vêtus, venus par curiosité ou pour être sûrs de bien être débarrassé de cet emmerdeur. Ou alors plus simplement, d'autres employés des pompes funèbres.

Son ex-femme, la Polonaise, est restée debout, à l'entrée du cimetière, près de sa voiture, où patientait son amant ou son conjoint, en attendant que cela soit fini et qu'elle puisse enfin signer les papiers de la succession chez le notaire. Elle ne sera pas venue pour rien. Les frais d'enterrement et le pourboire monstrueux laissé aux sbires des pompes funèbres seront payés. Largement.

Devant le cimetière, un peu plus loin, il y a aussi une petite dauphine jaune.

Chapitre 6

« Quand Dieu se fit homme, le Diable s'était déjà fait femme… »

Victor Hugo

Une peu commode normande,

A Caen, Jeanine n'a rien oublié.

Son mariage a été célébré dès le retour du promis en Normandie, par une pluvieuse journée d'octobre 1944.

Mariage pluvieux, mariage heureux, a bêtement dit sa mère. Jeanine n'a pas souri…

En marchant vers l'autel, elle s'est retournée discrètement. Un fol espoir sur les lèvres. Le treizième bataillon de génie avec sa division blindée, et Mathias, en grand uniforme de capitaine, vient la délivrer. L'arracher de cet autel sacrificiel, et l'enlever dans une chenillette d'infanterie. Chenillette repeinte en blanc pour la circonstance avec la croix de lorraine. Une larmichette a remplacé la chenillette... L'émotion dira la maman de la mariée, qui n'est décidément jamais à court de conneries à dire.

Jeanine a vingt et un ans, et est encore une jeune fille obéissante. Les parents Bultot tenait tellement à cette union.

Pourtant, dès son retour d'Angleterre, son « fiancé » l'a traité à la fourche, comme une moins que rien. Des échos lui étant parvenus, charitablement, de son idylle avec un soldat alsacien. Presqu'un allemand.

Jeanine, la pêcheresse, a courbé le dos, patiente et coupable. Sa mère lui expliquant qu'il faut accepter les remarques, que son mari n'a pas eu la vie facile en Angleterre, qu'il avait été gentil en l'épousant « malgré tout ».

Dans le nouveau ménage, les prises de bec arrivent plus vite que les bouquets de roses... Pour en venir aux disputes. Disputes maintenant fréquentes, parfois violentes dans les mots, dans les cris, jusqu'à ce jour maudit où la gifle est arrivée.

Funeste erreur du maladroit qui ne se doute pas, qu'en cette fin d'après-midi, sa Jeanine est de très méchante humeur. Qu'elle en avait marre du mauvais temps. Marre de cette petite bruine de février, de ce vent mouillé qui vous glace à travers tous vos vêtements et vos chaussettes. Marre aussi de cet imbécile de client à la poste qui, postillonnant et s'énervant, réclame son timbre de la libération, le Marianne de Londres.

Cela fera six ans que la poste les a retirés de la vente, six ans et on l'emmerde encore avec ce timbre de la libération…

Et voilà que son rustre de mari se met à lui crier dans ses oreilles, en plus de lui coller une claque dans la figure.

Le crime ? Cette stupide Jeanine a oublié de reprendre ses chemises au pressing de la maladrerie. Jeanine a horreur des cris, de son haleine de rat et du mauvais temps. Et évidemment, elle ne s'est pas montrée bonne camarade. Sept ans qu'elle se farci ce type, sept ans qu'elle se fait mal baiser, alors si en plus elle doit recevoir des claques.

Ce sera la deuxième gifle de sa vie et la dernière. C'est juré.

….

La première gifle, Jeanine l'a reçue en juillet 1941. Au cours d'un de ces banals contrôles de police où elle a dû montrer ses papiers.

Où un des policiers, empoté dans sa phase maniaque, a inspecté de trop près son beau vélo bleu. Où ce même maniaco-zélé a trouvé les copies d'un tract. Tracts appelant à se rassembler, devant le monument aux morts de 1870, pour le 14 juillet, polycopies cachées dans le panier, devant le guidon. Bête cachette, dira le pandore. La gifle donnée par le chef de brigade l'a foutu par terre.

A moitié assommée et menacée d'être amenée à la Kommandantur allemande, rue Georges Lebret. Elle a dû promettre de ne pas recommencer à distribuer des tracts. Elle a promis. En souvenir, elle a gardé pendant des mois une bonne perte auditive de son oreille droite.

Les policiers n'avaient sans doute pas envie de devoir la trimballer, elle et son vélo, rue Georges Lebret. Il fait vraiment trop chaud cet après-midi… Par contre, ils lui ont piqué tous ses tracts…

….

Douze ans plus tard, la riposte pour la seconde claque a été plus virulente. Sous le ciel bas et gris de l'hiver, les orages secs sont souvent dévastateurs. Elle ne sait toujours pas comment cette bouteille d'huile est arrivée dans ses mains. L'arcade sourcilière du brutal époux non plus. La vue du sang de cette arcade éclatée n'a pas calmé la mégère. Les coups de pieds ont suivi…

Avec trois côtes cassées et l'épaule démise, son bientôt ex-mari, a eu droit à deux semaines de repos conjugal à l'hôpital de la Providence, avant de rentrer directement chez sa mère. Sans retour à la case, « doux foyer conjugal ».

La maman du supplicié a repris elle-même les chemises au pressing. La bouche pincée.

Les parents de Jeanine, eux, ont très mal vécu cette nouvelle incartade de leur fille. Ils n'ont plus jamais voulu la voir. On doit respect et obéissance à son mari, et elle a vraiment mal réagi pour une banale dispute de couple.

Une femme respectable ne peut se permettre la colère. Une femme devient vulgaire et laide sous l'emprise de la colère. La colère est un privilège marital. Comme celui de pouvoir donner les claques.

Le grabataire, lui, a ravalé la sienne colère, les siens maritaux privilèges et n'a pas porté plainte. Sienne de vie…

…

En juillet 1941, Jeanine a obéi aux policiers et n'a plus distribué de tracts. Elle les a remplacés par des faux papiers d'identité, cachés dans des double-fonds que les pandores ne peuvent, ni n'oseraient, soupçonner. Elle travaille à la poste, s'occupe du tri avec deux autres collègues. Elle a appris à s'en méfier. Elle a aussi appris à reconnaitre les lettres de dénonciation. Toutes les semaines, elle en cache une ou deux, en pousse l'une ou l'autre avec son pied sous un meuble de tri. Le racloir de la femme de ménage ne sait pas passer en dessous. Mais il y en a tellement… Parfois, elle en glisse sur elle. Sous sa robe. Pour les brûler dans le maquis, après les avoir lues. Souvent source d'informations.

Dans le réseau « Guillaume le Conquérant », Jeanine prépare aussi les explosifs, gros pétards de dynamite volés dans les carrières. Elle les assemble par deux ou par trois selon le boulot prévu. Elle trouve cela rigolo. C'est Remy qui les apporte et les prépare avec elle. Elle n'a pas peur, sûre de son immortalité. Privilège de la jeunesse. Ou alors, elle doit guider des aviateurs anglais tombés dans le bocage normand, pour des endroits plus sûrs et plus confortables que la prison de Caen.

Elle et quelques autres ont échappé de justesse aux dénonciations de janvier 42 et ont pu rejoindre le maquis « Saint Clair » pour le reste de la guerre. Beaucoup de résistants du « Guillaume le Conquérant » ont été envoyés en Allemagne ou simplement exécutés dans la cour de la caserne du 43ème régiment d'infanterie.

....

Jeanine ne savait pas que, dès la guerre terminée, elle et ses compagnes du maquis seraient priées de retourner au plus vite à leurs conditions de femmes. Avec, ou plus souvent sans médailles.

Résistance étant un nom masculin, les médailles vont aux masculins également.

Seules six femmes ont reçu le titre de « compagnon de la libération » pour mille trente-six hommes. Six petites médailles tombées de la besace du général et ramassées, par quelques bredouillants sous-préfets, pour consoler quelques bruyantes suffragettes. Le général avait raison, il était inutile de chercher le féminin de « compagnon ». Le Général avait aussi de l'humour. L'île de Sein a reçu le titre tant convoité...

Les femmes-compagnons retourneront donc pleurer leurs morts à elles dans leurs églises reconstruites et accoucher de nombreux marmots dans leurs nouvelles maternités. Sans médailles.

Pour le droit de vote, ce sera pour bientôt. A Londres, en avril de cette année, le général a signé l'ordonnance du droit de vote pour elles, baïonnette dans le dos et en se pinçant le nez, diront certains. Avec Yvonne, sa femme, comme baïonnette, diront d'autres.

Dix ans après la Turquie et Cuba, trente-huit ans après la Finlande. Même la très Catholique et Apostolique Espagne a fait mieux que la patrie des droits de l'homme.

….

Monsieur Remy, le compagnon d'arme de Jeanine dans la résistance, a lui aussi quitté la clandestinité du maquis Saint-clair où il s'est réfugié et caché depuis plus de huit mois. Un homme des bois qui revient à la ville. Ce qui reste de sa ville.

Il a retrouvé sa maison, encore sous scellés, rue Quincampoix. Malgré la moitié du toit soufflée par les bombardements rien n'a bougé, même la table du déjeuner est encore dressée, comme en attente… Dans la petite chambre de Sarah, le lit défait et son teddy sur le sol, attestent de la précipitation du départ. Dans leur chambre, la garde-robe entre-ouverte, avec quelques vêtements par terre. La boite à bijoux d'Héléna évidemment vide. Le tout recouvert de gravats et de morceaux de tuiles, de vitres pulvérisées.

Dans la salle à manger, le piano a disparu. Le piano d'Héléna. Un Pleyel, magnifique instrument offert par ses parents en 1934, quand celle-ci a réussi son concours à l'académie de Strasbourg… Même le tabouret a disparu. Ce piano qui a dû leur coûter une fortune mais ils étaient si fiers de leur fille unique.

Ce piano, Monsieur Rémy a juré de le retrouver.

….

Dès sa séparation puis son divorce, entièrement à ses torts, Jeanine n'eut de cesse de retrouver et ramener son bel alsacien, et dans ses jupes et dans son lit. Certaine, que lui aussi n'attend que sa belle normande.

La persévérance ou le goût de la persécution, elle ne savait pas elle-même, mais Mathias Heinri a eu droit à plus de cent-vingt lettres pour la seule année 1953. De l'acharnement postal. Mathias n'a jamais su comment elle avait retrouvé l'adresse de son régiment. Elle a certainement dû assiéger, puis envahir le ministère des armées pour y arriver. Avant d'y torturer secrétaires d'états, ministres et peut-être généraux pour obtenir les coordonnées exactes de son amoureux de la libération du parc de la providence.

Un condamné qui ne savait pas encore sa liberté prochaine ébranlée.

....

Depuis janvier, l'aéropostale française a mis en service régulier un gros quadrimoteur, l'Armagnac, pour assurer un service postal, enfin convenable, du corps expéditionnaire français entre Toulouse et Saïgon.

Premier avion dessiné, modélisé et construit par l'industrie aéronautique française de l'après-guerre. Une merveille de technologie pour rivaliser avec les géants américains. Il ne fallait, à cet appareil et ses quatre gros moteurs à hélices, que trente heures de vol, avec escale à Beyrouth, Calcutta et Karachi pour atterrir à Saïgon.

Jeanine en a abusé de cette navette postale, avec ses lettres enflammées, qui auraient condamné une abbesse au bûcher, et ses colis Croix-Rouge remplis de chocolats Côte-d'Or au lait. Ceux que Mathias adorait plus que sa mère. Sans compter les cigarettes de luxe qui servent de monnaies d'échange pour acheter des produits locaux et normalement frais.

L'Armagnac, ce nouveau fleuron de l'aviation française, aurait pu être baptisé le Calvados.

La citadelle Mathias n'a pas résisté longtemps ; son temps de service expirait à la fin de l'année et il avait quasiment perdu toute trace d'accent alsacien. Il pouvait donc revenir en Normandie, quitter son nid douillet au sein de la deuxième Division Blindée de son cher général Leclerc, et se mettre au service de sa Jeanine.

Treize années de guerre déjà à recoudre des corps, poser des plâtres. Croire que c'est nous les bons. Les autres, les méchants

Il a mérité du repos et après, ouvrir une petite officine de consultation comme médecin de campagne sur la côte fleurie ou ailleurs. Jeanine décidera.

Chapitre 7

« Moi, je ne voulais pas grandir, je voulais juste atteindre le tiroir du haut dans l'armoire aux biscuits »

Clément

Le bon Marché de Caen.

Sasha et Mathias vont faire examiner et faire soigner Irina en milieu hospitalier. Ils sont maintenant bien décidés. Mais hors de l'hexagone. Ils craignent que, en cas d'hospitalisation en France, la gamine ne soit conduite vers un service psychiatrique en raison de son mutisme, Mathias parle d'aphasie. Mathias emploie parfois des grands mots. Mais voir ou deviner cette gamine enfermée dans un asile l'effraie un peu. L'aphasie conduit parfois à une forme de dépression et est donc vite considérée comme une forme de démence. Cela ne se soigne pas. Cela se traite. Souvent avec ce qui n'a pas fait ses preuves ; antidépresseurs, chocs électriques et bains glacés.

Pour réveiller leurs « émotions » disent les grands professeurs… Glaçant…

Irina,

Mes deux hommes discutent beaucoup trop de moi pour le moment. J'ai mal à la tête de les entendre, de les traduire et la lumière est trop forte. Je ne sais même plus mon nom, ni ce que je fabrique ici, d'ailleurs. Ce qui semble être sûr, c'est que j'ai reçu un sale coup sur la tête, vu les pansements que je trimballe.

Il est question de me faire opérer au Liban. Si j'ai bien compris, c'est loin d'ici. Tant mieux. Je m'ennuie un peu. Je ne vois que ces deux hommes. Un qui regarde toujours dans mes yeux en ouvrant tout grand mes paupières et l'autre qui me force à boire et manger.

L'autre, il s'appelle Mathias et il est français, mais il parle allemand aussi. Mais lui, quand il parle allemand, je n'ai pas peur. Il parle doucement, gentiment. Et à moi, il parle français, avec un accent qui chante.

A eux deux, ils discutent une fois en allemand, une fois en français. Ce soir, ils se parlent tout bas, en allemand, pour que je n'entende pas. Que je ne comprenne pas…

Aller voir Saint-Joseph. Je n'y comprends rien du tout. Saint Joseph…

Avant-hier, Sasha m'a appelé Irina. Irina. Cela m'a fait tout drôle. C'est beau, Irina. Cela veut peut-être dire « ma jolie » en allemand… Il l'a dit si gentiment.

Je rêve beaucoup, mais je ne me souviens jamais de rien quand je me réveille. Souvent trempée de sueur et dans les bras du géant qui répète toujours « Das macht nicht, das macht nicht » ou quelque chose comme ça… Il me frotte alors le dos avec une lotion qui sent mauvais et mon front avec une serviette mouillée. J'aime bien être dans ses bras, ils sont si chauds, si pleins de tendresse.

Dans la cuisine, les deux hommes ne parlent plus guère que de cela, du voyage au Liban. En train, en avion ou en bateau. La clinique Saint Joseph à Beyrouth, a un service de pédiatrie où le professeur Bertier fait des miracles en traumatologie. Mathias et lui ont fait la médecine ensemble à Montpellier.

Ils ont bien reçu les radios d'Irina, le matin même et il a immédiatement pris contact avec Mathias Heinri, par l'envoi d'un télégramme, un petit bleu, pour donner ses coordonnées téléphoniques à l'hôpital. Il y a même une ligne directe et il insistait sur l'urgence de l'appel.

Sur la radio, un hématome sous-dural risque de provoquer un caillot de sang. Il faut opérer sans traîner.

Rendez-vous a été pris pour le jeudi 28 juin, l'opération étant programmée pour le lendemain. Il leur restait une grosse vingtaine de jours pour y aller. Il n'était hélas pas question de prendre l'avion et c'est dommage, un DC4 nouvellement basé à Marseille assure une liaison deux fois par semaine pour Beyrouth. Et ce, avec un confort très en avance sur son temps, quatre couchettes à l'avant de l'appareil et des bouteilles d'oxygène disponibles avec masques.

Mais il y a trop de risques pour une pression artérielle encore cahotante. La brusque montée en altitude de l'appareil pourrait lui être fatale. Il serait stupide de risquer une hémorragie cérébrale alors qu'ils ont vingt jours pour arriver à Beyrouth.

Mathias a alors trouvé un petit cargo mixte qui fait du cabotage entre Marseille et Beyrouth, en passant par Gènes, Bastia, Syracuse, Malte et Chypre. Il transporte aussi bien du ciment que du plancher de chêne ou de la bière française. A Gènes, l'Esprit d'Orient charge souvent de la céramique et de la poterie pour un grossiste libanais. En plus, il y a trois cabines pour passagers qui ne sont pas pressés d'arriver au pays du cèdre. Entre huit et douze jours de traversée à ce petit caboteur pour y arriver.

Il faut maintenant trouver des papiers pour la gamine. Jeanine veut bien s'y coller. Elle adore la fouillasse administrative. C'est un peu son vice et son expérience dans la résistance va l'aider. Elle aussi a constitué son petit réseau.

....

Dur, l'accord a été dur à obtenir. Jeanine aurait voulu que Sasha se démerde, « tire son plan ». Il viendra un temps où il sera bien obligé d'aller lui-même acheter des fringues pour sa « Moïse sauvée des eaux », comme il l'appelle.... Ce n'est pas le fait d'avoir porté un fusil-mitrailleur ou conduit un char d'assaut pendant vingt ans qui vont l'exonérer d'aller de temps en temps acheter des socquettes ou des culottes pour sa protégée.

Rechercher des papiers d'identité pour la gamine, c'est amusant. Se taper le Bon Marché et ses vendeuses pour débusquer une robe et des socquettes, beaucoup moins...

....

Le Bon Marché de Caen est le premier des grands magasins, hors de Paris, à ouvrir ses portes en province. Et il vient d'inaugurer un quatrième étage pour l'habillement. Elle y a trouvé tout ce dont aura besoin la petite.

Dont une très jolie robe vichy rose assortie d'une ceinture dorée.

C'est en choisissant cette robe que Jeanine a eu ce malaise. Une grosse bouffée de chaleur, une espèce de boule au ventre, des palpitations avec de la transpiration et des troubles visuels...

Elle vient de rêver de maternité, d'avoir un enfant à elle...

Effrayée de la voir dans cet état, une vendeuse lui a proposé de s'asseoir, de lui apporter un verre d'eau, d'appeler les secours, un médecin, une ambulance.

....

Jusqu'à ce matin, après une nuit quasiment sans dormir à cause, comme toujours de cette bête pleine lune, l'idée saugrenue de materner ne l'a jamais vraiment titillée, encore moins émoustillée. Son Mathias est là et cela l'occupe déjà bien assez. Lui avec son amour fou pour elle, lui avec ses crises d'angoisse ramenées d'Indochine, ses larmes, lui avec son désordre compulsif. Toujours lui avec ses chaussettes trouées et ses pulls verts qui traînent partout...

La patientèle de Mathias est maintenant conséquente, alors si elle doit y ajouter les bambinettes et les biberons, après le téléphone, non merci.

Sans parler du gros ventre qu'elle va devoir trimballer pendant quarante mois et dix-huit semaines derrière son nombril à elle. Et des nausées à n'en plus finir, si on ne devait parler que de cela. De toute façon, à son âge...

Mais maintenant, en nage et avec des picotements dans le ventre, assise sur une chaise branlante au milieu du rayon rempli des petites robes du Bon Marché de Caen, elle y pense.

Elle se sent même prête à affronter un déluge quotidien de couches-culottes, le ramassage, à quatre pattes, des horribles tuttes en caoutchouc brun tombées sous le berceau. Horribles tuttes qu'il faudra passer sous l'eau. A toutes heures du jour ou de la nuit. Vaines et stupides tentatives pour réguler, voire abaisser de quelques octaves les cris du biberonné. Et, cadeau enrubanné offert avec tout nourrisson, les nuits blanches, avec ou sans pleine lune. Hier les coliques, aujourd'hui la varicelle, demain les premiers chagrins d'amour. Toujours vers les deux heures du matin.

Croire que le mariage du nourrisson va régler ce problème est dramatiquement illusoire ; tient de la chimère, de l'utopie la plus ridicule, presque du discours politique.

Merci au cycle lunaire et à sa bien triste influence sur les rythmes biologiques et psychiatriques de toute femme normalement constituée. Même si celle-ci se croit, benoîtement, en pleine possession de la plupart de ses facultés mentales.

A ce jour, il n'existe aucun vaccin pour prévenir et soigner l'envie de materner. A part évidemment l'arrivée à l'adolescence du premier nourrisson, surtout si ledit premier nourrisson est du sexe féminin.

Ce contre-feu arrive, hélas, beaucoup trop tard. Vers les douze ans du marmot. Quasi en même temps que les plaques d'acné sur leurs doux visages. Acné, qui bien trop souvent, transforme le marmot en marmotte. En marmotte grincheuse.

…

Mais Jeanine croit encore au bon Dieu. C'est bête, mais c'est ainsi… Elle, la Jeanine Heinri pourra gérer…

Jeanine allait en parler à son Mathias ce soir et elle fabriquera une fille. Elle va la programmer pour le printemps prochain et elle s'appellera Providence. Oui, Providence, c'est joli. Et cela rappellera Alençon et son parc.

Poison aussi est un joli prénom…

….

Mathias est fils unique. Pourtant, il a été précédé dans la famille Heinri par une fille, Léa. La plus jolie des petites filles du monde, avec ses yeux noisette et ses anglaises blondes qui voletaient autour de son visage... Elle a dramatiquement disparu. Une vilaine chute dans l'escalier. On allait fêter ses cinq ans le soir même.

C'est à elle que Mathias a tout de suite pensé quand sa Jeanine lui a parlé de ses lubies… Il y repense en boucle… Il a peur de perdre sa Jeanine dans cette aventure… Il sait aussi que l'horloge biologique de son amoureuse tourne. Il reconnait ses peurs à lui. Imbéciles et égoïstes… Il devine aussi que sa Jeanine ne lui laissera pas trop le choix… Mathias sait tout cela mais il aime trop sa Jeanine pour la priver de son rêve… Il voudrait une fille aussi…

….

Depuis sa naissance, quatre ans après la disparition de Léa, Mathias est le centre du monde. L'horloge de la cathédrale de Strasbourg ne sonne plus que pour lui. Le cœur de sa maman aussi. Son père a dû changer de chambre. Bébé dort avec maman et se réveille trop souvent la nuit. Dès qu'il aura un an, il pourra dormir seul, a dit madame Heinri. A six ans, il dort toujours avec sa maman, dans le lit conjugal. Le mari a sa chambre à lui. Cela tombe bien, sa femme ne veut plus d'autre enfant. Et il ronfle, dit-elle…

Papa Heinri, qui travaille sur les pylônes électriques de haute tension part de plus en plus souvent à travers l'Europe. Pour des missions de plus en plus longues.

Mathias n'aura donc jamais à partager ses jouets, ses livres et les câlins de sa maman avec un petit frère, une petite sœur… ou un papa.

Il ne devra même pas faire ses tartines le matin et encore moins porter son cartable pour aller à l'école. A dix ans, cela commence à embêter le pauvre garçon, mais sa maman y tient tant. Mathias n'ose rien dire.

Un autre de ces problèmes est que, jusqu'à ces cinq ans, Mathias a dû mettre les vêtements de sa sœur disparue, ses souliers et même ses grosses pinces en ivoire dans les cheveux. Il est si mignon avec ses longs cheveux bouclés.

Maintenant qu'il a trop grandi, elle lui coud des robes pleines de rubans blancs ou bleus qu'il porte seulement à la maison pour jouer en haut, sur le palier, avec Léa.

Sur ce palier, un petit autel a été dressé. Avec, bien évidemment, une photo de Léa et de jolies fleurs en soie dans un vase. Un crucifix sur pied complétait l'ensemble mais un matin, il a disparu. Madame Heinri l'a retrouvé dans la charbonnière, tout tordu, presque fondu. Pour un peu, il volait dans la cuisinière. Elle n'a plus osé le remettre sur l'autel là en-haut et lui a trouvé une place dans le fond d'un tiroir. Emballé dans du papier journal. Que Léa ne le retrouve surtout pas. La bougie qu'elle allumait parfois sur l'autel s'éteint presque aussitôt. Courant d'air, disait-t-elle, en se signant. Le vase aussi se renversait. Elle n'ose plus mettre de l'eau dedans. Pas très utile pour des fleurs en soie... Maman Heinri est désemparée. Elle va souvent chez son confesseur et ils prient ensemble autour d'une photo de l'enfant trop tôt disparue.

Finalement, ce brave curé est venu faire un tas de grimaces avec goupillon et crucifix dans la chambrette de Léa. Le lendemain, le saint homme se ramassait les oreillons... A cinquante-quatre ans, c'est pénible et douloureux, mais ne disait-il pas lui-même que c'est dans la souffrance que l'on reconnait le doux visage du Christ. Madame Heinri, elle, sera privée de son doux confesseur, et de ses services, pour un bon bout de temps.

Dans cette même chambre, la fenêtre reste toujours entre-ouverte. Comme cela, la petite Léa, loin d'avoir été impressionnée par les gesticulations ecclésiastiques va et vient. Sans devoir forcer sur l'espagnolette comme une possédée... Possédée qu'elle est sans doute un peu...

Sur le palier, Léa veut bien laisser certaines de ses poupées à son frère. Il joue déjà à les soigner. A poser des bouts de sparadrap sur leurs têtes, sur leurs bras. Léa n'aime pas trop mais le laisse faire. Quand Léa est là, maman Heinri est tranquille, rassurée, Mathias ne risque rien. Léa le surveille comme le lait sur le feu.

Les escaliers sont si dangereux…

Chapitre 8

« Les femmes devinent tout, elles ne se trompent que quand elles réfléchissent… »

Alphonse Karr

La Pacific 231

A Caen, on parle beaucoup du « mystère de la gare de Lisieux ». Pour une fois qu'il se passe quelque chose dans le marigot. Le voyageur découvert sur la voie semblait un habitué des lieux, d'après le chef de gare. Il venait quasiment toutes les semaines, prendre son train pour Paris. Très reconnaissable avec son imper couleur moutarde d'un autre âge. Il le portait par tous les temps, été comme hiver. Les enquêteurs ont, de prime abord, privilégié l'accident, peut-être un malaise, ou un suicide. Quoique… Se jeter contre un train, qui ne roule pas vite, avec la perspective désagréable de pouvoir se rater est peu envisageable dans la tête d'un dépressif. Même profondément idiot.

Guy Leques, le machiniste du train, lui, n'a rien vu, rien entendu. Peu habitué, expliqua-t-il aux enquêteurs, à conduire ce type de locomotive. Avec cette Pacific 231, il ne pouvait pas surveiller le quai facilement. Sur cette machine, avoir un œil sur la voie oblige le mécanicien à sortir la tête de la cabine. Le petit carreau gauche de la cabine étant cassé, on l'a rafistolé avec un bout de triplex. En attendant. Surveiller à la fois, la vapeur et le quai sont beaucoup de choses à faire en même temps. Le chauffeur, qui l'accompagnait, avait assez à faire en goinfrant de charbon la chaudière de la bête. Leques est machiniste pour les locomotives servant au tri de convoi en gare de Lisieux et conduit presque uniquement des Pershing. Ces Pershing sont de vieux modèles de locomotives à vapeur, livrés à la France par les Etats-Unis après la première guerre. Ces machines, d'abord destinées à l'armée américaine ont gardé leurs tristes livrées aux couleurs de l'US Navy, un vilain gris.

Ce jour-là, sa Pershing est à l'entretien et il a pris la belle Pacific 231 pour changer de voie une quarantaine de wagons. La Pacific est maintenant en pression et il peut rouler pour accrocher le convoi. Guy Leques confessera, difficilement, qu'il roulait un peu vite, la chaudière étant en légère surpression.

Le premier rapide de Cherbourg devait arriver vingt minutes plus tard. De la routine, il le faisait tous les jours. Tous ces wagons-citernes remplis d'essence et de fuel, viennent de Petroplus à Rouen et sont dangereux à manipuler. Ils doivent être conduits avec une prudence de sioux hors de la zone habitée, sur une voie le long de l'Orbiquet.

La gare de Lisieux servant de base logistique pour acheminer la cargaison soit vers Cherbourg, soit vers Caen. Un gazoduc venant directement de Rouen doit bientôt alimenter Caen en carburant. Il conduira une partie du convoi vers Cherbourg après le passage du 6h 10.

....

Une locomotive Pacific 231 et non l'habituelle Pershing grise, c'est peut-être ce détail qui a distrait notre ante- mortem voyageur. De sa place sur le quai, le train sort d'une grande courbe, il ne pouvait donc pas voir la nature du convoi. Il était, d'après le chef de gare, toujours très tôt pour prendre son train. Être dans les premières voitures évitait aux voyageurs, une fois arrivés à Paris Saint-Lazare, de devoir trop marcher pour sortir de la gare et s'engouffrer dans le métro ou dans un bus RATP.

La Pacific 231, facilement reconnaissable dans sa livrée noire et rouge, est la machine dédicacée par la SNCF pour le transport des voyageurs sur cette ligne. Paris-Cherbourg sera une des dernières lignes à être électrifiée.

Le quidam s'est sans doute approché un peu trop près du quai, croyant son train arrivé, habitué qu'il est de voir une locomotive grise et son convoi de citernes juste avant son train à lui. Funeste erreur.

....

Son corps n'a pas encore été réclamé. Dans la presse, on l'appelle l'Inconnu de la gare de Lisieux. Seule ombre à l'hypothèse de l'accident, selon le chef de gare, un témoin se trouvait sur le quai à ce moment-là et non loin du voyageur. Il ne s'est jamais fait connaitre à la police. Un espoir demeure. Comme les restes de l'imprudent voyageur, qui eux demeurent toujours à la morgue de l'hôpital Henry Chéron à Lisieux.

Bien étiqueté à l'orteil avec un gros élastique et gardé au frais. Sous la divine protection de Sainte Thérèse de l'Enfant Jésus et de la Sainte Face qui elle, repose à deux pas, au chaud. Sans étiquette qui lui serre trop son gros orteil. Elle, on la connait bien à Lisieux. Pas besoin de lui mettre une étiquette.

Derrière la vitre de sa chasse, au carmel de Lisieux, Thérèse Martin a eu un petit sourire indéfinissable le matin de l'accident. Son Christ en a même tremblé dans sa main…

....

Le responsable de l'enquête, l'inspecteur Léon Rouet, ne désespère pas de le voir arriver ce fameux témoin. Mais les Français n'aiment plus témoigner, ils n'aiment plus rentrer dans les commissariats. Le Diable sait pourquoi…

....

Les juifs et les tziganes aussi restent méfiants. Il faut les comprendre. Il en reste si peu. Les gares et les commissariats, ils n'aiment plus y aller. Sans parler des femmes battues, violées ou découpées en morceaux qui risquent une main aux fesses si elles veulent, stupidement, y déposer une plainte. Dans certains commissariats les mains courantes, hélas, ne manquent pas. Deux par flic, on n'engage pas de manchot dans la police nationale.

En plus, à Paris, depuis ce gris 17 octobre 1961, les Algériens, eux, préfèrent carrément changer de quartier pour ne pas se retrouver trop près d'un commissariat. Il parait que s'ils se font attraper, on les jette dans la Seine. Le fameux jeu de Maurice, le « Pafalo ». Pour lui, juifs et arabes sont de la même farine...

Maurice Papon, cette année-là, est préfet de police à Paris mais il ne peut plus faire embarquer les juifs. Pour le petit chef d'orchestre des rafles de juifs de Bordeaux, en 1942, c'est une catastrophe, une sinécure. Le juif est maintenant une espèce protégée, lui a-t-on expliqué. En articulant bien. Pour qu'il comprenne. Encore un coup des communistes, se dit-il. Maurice est malheureux. Il déprime. Il fait des cocotes en papier toute la journée. Jusqu'au jour béni où on lui annonce une manifestation anti couvre- feu des Algériens à Paris. C'est lui qui a eu cette idée de couvre-feu. Plus d'arabes dehors après 22 heures. Les « autorités » craignent des débordements avec ces algériens qui défilent à Paris pour réclamer, on ne sait quelle indépendance....

Papon connait bien les Algériens, il a été préfet de police à Constantine. Il sait donc que les Algériens ne savent pas nager. Et ils veulent manifester... pendant le couvre-feu. C'est bêta de leur part, dira Maurice. On ne manifeste pas si près de la Seine quand on ne sait pas nager. Même si on manifeste pacifiquement.

Cette nuit pluvieuse du 17 octobre, il y a eu plus de trois cents noyés. Massacre oublié par la république... Oubliée par la presse... Oubliée par « Histoire de France... » Mais pas par les milliers d'algériens qui ont été rapatriés de force, dès le lendemain....

Il y a eu un policier blessé. Un poignet fracturé par la matraque d'un collègue. Il ne faut pas frapper à deux sur un seul manifestant. Elémentaire. Même si celui-ci ne veut pas sauter, de lui-même, du pont Saint-Michel.

Le pandore a bien mérité sa médaille de la bravoure. Papon lui aurait remise en personne.

Le dicton a raison quand il dit qu'il n'y a point d'église où le diable n'ait sa chapelle à côté. La préfecture de police, rue de Lutèce, où Maurice a son bureau et ses cocottes en papier, est à deux brasses de Notre Dame. Sur l'île Saint-Denis. A deux brasses pour qui sait nager.

Les rues de Paris ne sont plus sûres, dira Desproges.

L'inspecteur Rouet,

Un patient, cet inspecteur Rouet. Patient, méthodique, chiant. Avec ses marottes et ses manies de vieux garçon. Comme ses petits dossiers de différentes couleurs qu'il classe dans son bureau du commissariat de Caen.

Chaque signalement ou information qui lui semble intéressant est aussitôt classifié. La couleur du dossier indiquant la nature de l'information. Les rouges, eux, restent dans son appartement, sa maman les garde quand il travaille, même ses collègues ne sont pas épargnés par ses pseudo-enquêtes.

Sa maman aurait préféré qu'il reste en poste à Paris, au 36 comme elle se vantait à ses copines, « mon fils travaille au 36, quai des Orfèvres », qu'elle disait en soulevant sa grosse poitrine. Elle ne sait pas pourquoi il a accepté ce poste à Caen, il n'y a rien à foutre ici. Ses anciens chefs et collègues le savent eux, pourquoi ce fourre-son-nez-partout a été muté.

« Une véritable possibilité d'avancement, on devine un futur commissaire-principal en toi », lui a-t-on dit. En le poussant vers la porte. Sa maman l'a suivi. Le gamin n'a pas encore 32 ans et pour les choses de la vie il n'est pas très dégourdi.

On peut être presque commissaire et être néanmoins infoutu de se cuire un œuf ou de repasser une chemise sans la brûler. Les neurones sont parfois mal répartis dans la tête. Albert Einstein a mis un temps fou pour pouvoir lacer ses chaussures tout seul.

Pour l'enquête sur le disparu de Lisieux, on lui a laissé carte blanche. En fait, son chef n'en a rien à cirer du disparu de Lisieux, mais cela occupera le parisien un petit temps.

Déjà qu'il a été obligé de l'intégrer dans son équipe…

Chapitre 9

« ….Ce qui me fait le plus de peine quand un train déraille, ce sont les morts de première classe »

Salvador Dali

Caen, lundi 18 juin 1962,

Irina et le grand départ,

Aujourd'hui, le programme est compliqué. On bouge un peu. On doit prendre le train. Sasha est anxieux pour moi. Je ne suis pas sortie de l'appartement depuis « l'accident », sauf hier, pour aller au Monoprix choisir mes biscuits et mes crèmes noisette pour le grand voyage. Le bâtiment ne m'est pas inconnu. Rue des Alliés, ce gros bâtiment tout blanc sur un coin des grands boulevards, avec ses grosses lettres, me dit quelque chose. Une impression de déjà-vu…

Toute une journée en train, jusque Marseille.

Lui, il s'est rasé de près et a enfilé un pantalon de toile. Avec ses bottines, et sa chemise qui ne ressemblent à rien, il est un peu bizarre. Moi, avec ma nouvelle robe et mon petit chapeau de paille sur la tête, il dit que je suis comme toutes les petites filles du monde, mais en plus belle. Sauf que moi, je ne parle pas et que je pleure vraiment très vite. Je n'arrive pas à me retenir, mais cela va déjà mieux. J'enfile mon sirop magique et j'apprends à respirer à fond comme Mathias m'a montré… A chaque crise, je prends ma cuillérée… Parfois, j'invente une crise…

Sasha me prend la main pour traverser les rues, sur les quais, mais n'ose pas encore la garder dans la sienne. Je crois qu'il a peur de me faire mal, mais j'aimerais vraiment qu'il la garde plus longtemps dans la sienne. Cela me rassure tellement.

Avec ma main dans le sienne, si chaude, je sens la vie couler à nouveau dans mon corps. Je commence à bien l'aimer, mon géant. Si seulement, il ne parlait plus allemand…

…

Train jusque Paris, puis Marseille et enfin le paquebot, pour huit ou neuf jours de mer. Je suis morte de peur à l'idée de monter dans un bateau.

Au départ de Caen, le rapide Cherbourg-Paris Saint-Lazare de six heures quarante, nous attend. De Caen à Paris, le convoi est tiré par une locomotive à vapeur. Une imposante et magnifique machine, noire et rouge, entourée de petits jets de vapeur qui semblent s'échapper des énormes roues d'acier. Avec ses deux bosses sur le dos et sa cheminée toute noire qui crache ses lourdes volutes de fumée grises dans un bruit sourd. Les trois roues gigantesques sont reliées entre elles par toutes sortes de barres d'acier qui brillent au soleil.

Une odeur de charbon qui brûle et de graisse chaude me prend la gorge. Un double sifflement permet au convoi de s'ébranler. Au travers des vitres déjà sales des suies, on devine Jeanine et Mathias qui s'éloignent. Peut-être est-ce nous qui nous nous éloignons…

….

A Paris, on n'a pas eu le temps de trainailler. Mon géant se tracasse, regarde sa montre puis les grandes horloges de la gare Saint Lazare. On a douze minutes de retard… Il pourrait me prendre sous le bras, comme une sacoche, il le ferait sans hésiter. Je suis si lente.

Sasha a opté pour un transfert en taxi vers la gare de Lyon. La peur de se paumer dans les tunnels du métro ou que, moi-même, je me perde sans doute.

....

En sortant de la gare, un gars en blouse blanche nous fait de grands signes et semble nous attendre au fond de la place. Un grand Black avec des bras énormes qui ressemble plus à un catcheur qu'à un taximan parisien. Il ne tarit pas d'explications sur son « bac », comme il dit. Son taxi est, en fait, une vieille ambulance Cadillac de la série Deville. Facilement reconnaissable, dit-il, à ses pare-chocs chromés. Pour faire son malin sur la cinquième avenue de New-York... Toute blanche avec une grande croix rouge sur le flanc et un petit logo vert des taxis parisiens, tout rikiki sur le toit. Il est garé assez loin de ses collègues, la station de taxi se trouve plus loin, vers l'hôtel Métropole. Bizarre... Le chauffeur nous parle comme si on était cousins. Il se lance dans les habituelles diatribes sur le trafic infernal. Ce catcheur ambulancier serait donc vraiment un chauffeur de taxi parisien.

Dans un hurlement de sirène, il lance son bahut à l'assaut des embouteillages. Sasha n'a même pas dû dire où on allait. L'habitude, sans doute. Dans Paris, j'ai eu juste le temps de voir un bout de la tour Eiffel. En un éclair de temps. A droite, derrière la Seine. C'est le chauffeur qui nous l'a montrée en riant de toutes ses dents et en doublant une file d'autobus. Pour lui, les flics n'existent pas à Paris... Le code de la route non plus... Un dernier crissement de pneus et nous sommes gare de Lyon.

-Trois minutes quarante, nous lance le catcheur. Record battu de dix-sept secondes.

....

Gare de Lyon, à Paris, embarquement dans le confortable train Mistral, tracté cette fois par une motrice électrique toute bleue jusque Lyon. Ses voitures pullman en inox et son wagon restaurant nous amèneront en moins de huit heures à Marseille. Dixit Sasha qui m'explique tout.

Le silence dans le wagon, malgré la vitesse, est impressionnant. Son confort est moelleux et sans choc comme dans la nouvelle Citroën de Mathias qui nous a amené à la gare. On a dormi chez eux, la semaine passée. Jeanine en me serrant dans ses bras sur le quai de la gare de Caen riait en pleurant. Les yeux gonflés de larmes... Je croyais bien qu'elle ne me lâcherait jamais… Elle est parfois trop bizarre. Je ne vais quand même pas mourir aujourd'hui…

Un arrêt à Lyon, gare Part-Dieu, est prévu pour un changement de locomotive. Le convoi sera alors tracté par une locomotive diesel. De gros ralentissements sont prévus entre Lyon et Marseille, électrification de la ligne oblige. Le contrôleur nous a prévenus, un arrêt-pause de vingt minutes est prévu à Lyon. Le temps de manger quelque chose, nous a-t-il dit.

Gare Part-Dieu de Lyon,

A la gare de Lyon, Irina a pu assister au changement de motrice, en grignotant comme une petite souris, les bords d'un jambon-beurre. Elle est en admiration devant ce beau et mythique Mistral, train vedette du réseau ferroviaire français. Celui-ci est bientôt poussé sur une autre voie pour le changement de locomotive.

Sur le quai, en face d'eux et maintenant visible, est assise une jeune femme. Elle est seule. Un grand sac posé à côté d'elle, avec un vieux casque de moto. Cette femme, derrière des lunettes de soleil, regarde Irina en souriant. Un sourire indéfinissable, presque triste. Elle a l'air désolée d'être là. Elle a de longs cheveux presque blancs et une veste en cuir noir sagement pliée sur les genoux.

Irina lui a fait un petit bonjour de la main, la femme ne lui répond pas mais continue de la regarder, de la fixer dans les yeux. Comme si elles se connaissaient. Son regard étrange n'est pas inconnu d'Irina et pourtant... Irina voudrait bien la rejoindre sur le quai d'en face. Lui dire bonjour… Elle doit y aller. La femme l'attend, elle en est sûre. Irina est subjuguée, presque hypnotisée par sa beauté, son sourire, ses lèvres presque noires, ses cheveux…

Irina est déjà debout. Sa tête lui fait horriblement mal, ses genoux tremblent et son sirop qui est dans sac de Sasha… Elle se dirige maintenant vers la trémie, tient la rampe des deux mains, pour descendre, changer de quai, quand celui-ci se met à trembler.

Un sifflement strident de locomotive déchire l'air. Le long cri d'une bête à l'agonie plutôt qu'un sifflement. Irina est tétanisée, paralysée, ne bouge plus…

Une vieille locomotive, une Pershing grise déboule à pleine vapeur, tirant derrière elle, un interminable convoi de wagons citerne. Ce train fait un bruit, un vacarme épouvantable dans une débauche de fumée et d'étincelles rougeoyantes. Le bac à fumée de la machine doit avoir fondu. Irina, figée sur la première marche de l'escalier, observe maintenant des corbeaux qui se libèrent, se dégagent des épaisses volutes de fumée blanches pour fondre sur le quai, elle ne voit plus ce quai…

La chaudière de la locomotive n'allait pas tarder à exploser sous la pression de la vapeur. La cheminée blanchie et rougie sous les feux. Dans la locomotive, la cabine de conduite est vide. Ni chauffeur, ni mécanicien ne sont aux manettes. Seul un foulard et une poupée désarticulée sont accrochés au cadran de pression… Sylvie… Sylvie qui la regarde… Sylvie qui lui sourit…

….

Des petites pièces de scénarii écrites avec des retours de bobines, rushs que l'on croyait à tout jamais perdus et qui, maintenant, se réassemblent pour un court-métrage d'apocalypse. Un iceberg se détache de sa banquise cérébrale, provoquant un raz de marée de glaciales paniques, de peurs et cris silencieux.

Irina,

Sylvie… J'ai revu Sylvie… J'ai la tête qui bourdonne, une colonie d'abeilles l'a prise pour une ruche… Je ferme les yeux…

… Une longue plage. La mer n'est plus si loin. Pieds nus, je m'enfonce dans le sable gris et mouillé. J'ai dû laisser mes sandalettes derrière moi, les brides me faisaient trop mal. Des chiens qui aboient mais que je ne vois pas. J'entends hurler. Une hystérique qui crie et appelle ses bêtes. Je me retourne et je les vois, encore loin, elles foncent sur nous. La route est là. La pluie aussi. Je ne vois pas la voiture arriver. J'entends des freins qui crissent….

…. J'ai encore mal aujourd'hui, de ces grosses mains qui me soulèvent de terre, tirent mes cheveux. De ces grosses mains qui vomissent leurs coups et me tapent dans le coffre d'une bagnole. L'odeur de l'essence, la route qui est mauvaise, ma tête qui tape le fond du coffre.

…. Six heures, dix heures, sans doute plus, coincée dans une autre malle pourrie qui, elle, sentait le pipi. Dans le noir. Dans le froid. Dans des peurs que seuls les silences savent distiller.

… J'ai ma Sylvie contre moi. Je me mouche sur elle. Je l'éclabousse de mes larmes. J'entends les bruits avec elle. Ce bruit d'une porte qui grince en glissant, d'une malle qui s'ouvre en m'éblouissant…

…Je cours. La lourde porte est restée ouverte. Il m'a rattrapée d'injustice par les cheveux et là, l'horreur a commencé… Coincée, plaquée contre ce mur pourri de froid… Des coups et des claques, je croyais tout connaître…. Mais pourquoi **ILS** frappent toujours dans la figure, comme des dingues ?? Pourtant, je ne bouge plus, je ne crie plus … Je fais la loque… L'habitude… Mon père, lui, finissait par se calmer… Mais pas celui-ci…

…J'ai trop mal partout. Sylvie me regarde. Elle est tombée près de la porte. Ses yeux sont pleins d'étincelles. Terrifiants… Je les ai reconnus… Mais ce ne sont pas les siens. Ces yeux, en forme d'amande, et leurs couleurs miel, c'est dans l'atelier de la laiterie de Louise que je les ai vus la dernière fois… C'est en les voyant que tout mon corps s'est réveillé, a frissonné de peur, de rage ou de courage… Sans doute les trois ensemble…

…Maintenant, il essaie de m'embrasser. Il hésite, recule un peu, cherche ma bouche. Je dois le mordre. Je le fais avec toute ma haine, ma désespérance, jusqu'au sang qui suinte dans ma bouche…Je ne le relâche pas tout de suite et je serre aussi fort que je peux…Pour lui recracher tout sur la figure. Il est maintenant à genoux. Ses mains sur l'œil. Le sang lui coule entre les doigts. Il crève de mal, je le vois bien. Je sais que même vieille de mille ans, je vomirai toujours cette haleine puante de tabac froid et ce goût de sang dans ma bouche.

J'ai revu ma Sylvie… Ma Sylvie à moi…

….

Quand le convoi infernal a enfin dépassé le quai, la femme a disparu. Le banc aussi. Une vingtaine de corbeaux picorent sur la voie, se tournant, redressant leurs têtes de temps en temps vers Irina. L'observant, la surveillant même, avec leurs becs tout noirs. Tout pointus.

Les autres passagers, qui attendent de pouvoir remonter dans leur train, semblent avoir été peu perturbés par ce convoi fantomatique, fantastique. Ils semblent même l'ignorer superbement. Sasha, lui, vérifie pour la trente-quatrième fois s'il a bien tous ses papiers avec lui. Irina se demande s'il a seulement vu ou entendu ce train venu de l'enfer, tellement il est absorbé par ses foutus papiers.

Elle regarde le quai d'en face. Seules, des odeurs âcres de fumées et de soufre restent dans l'air et lui piquent les narines. Sur cette voie, entre les rails rouillés, les herbes sont hautes. Les corvidés s'envolent, l'un après l'autre, tranquillement.

Cette voie, la sept, est désaffectée depuis 1921 mène au tunnel de la Croix Rousse, lui-même désaffecté, à moins de douze kilomètres.

Un passeport mérité,

Sur le passeport bordeaux, délivré par la ville d'Ales, Irina a maintenant un nom, Irina Bauer.

Sur ces papiers, Irina est née en Algérie à Oran, le 10 février 1954, d'une mère franco-algérienne, Ismalda Casnier, aujourd'hui décédée, et de Sasha Bauer, né à Dresde, en république démocratique allemande, aujourd'hui sous contrôle soviétique. Sasha Bauer est naturalisé français depuis quatre ans.

En cas de doute de l'un ou l'autre fonctionnaire de police ou de douane, il sera impossible pour cet improbable zélé de remonter le fil de l'histoire d'Irina Bauer. Les archives de l'état civil d'Oran en Algérie française, sont dans deux registres distincts ; les registres européens pour la population française et européenne et un autre registre pour les autochtones. Les deux registres devaient rester sur place après l'indépendance, en 1962.

Mais juste avant celle-ci, une fois les accords d'Evian signés, certains registres européens sont revenus en France, les fameuses « archives de souveraineté ». Entreposées à Nantes, elles devaient être microfilmées, mais une partie seulement a pu l'être.

Le nouveau gouvernement algérien n'a pas apprécié du tout, du tout, le déménagement de ces archives algériennes sur le sol français. Et en catimini, en plus. Celles-ci ont dû être renvoyées fissa en Algérie dès l'acte d'indépendance signé.

Aucune trace de la naissance d'Irina dans cette partie d'archive microfilmée, mais seulement une adresse à Oran, d'Ismalda Casnier.

....

Algérienne de naissance, Ismalda venait d'épouser, à dix-sept ans, un fonctionnaire français. Elle est passée du statut de mariée à celui de veuve en moins de quatre mois. Son très éphémère époux a été porté disparu après un accident d'avion au-dessus de la méditerranée le 12 septembre 1951. Le DC3 de la Société Alpes-Provence assurait la liaison Perpignan-Oran lorsqu'il disparut aux larges des îles Baléares avec une quarantaine de passagers.

L'accident est confirmé par la découverte d'un radeau et de corps par le navire « Atlas » le 16 septembre dans l'après-midi. Son mari revenait d'un baptême dans sa famille, où Ismalda n'était pas la bienvenue. Trop de sang arabe dans les veines.

Avec les papiers de Sasha, les choses sont simples, puisqu'il a été caserné à Sidi-Bel-Abbès, à trente kilomètres d'Oran comme instructeur, pour le régiment de marche de la légion étrangère. Pour lui, il ne manque pas de traces de son passage en terre franco-algérienne.

Pour Irina, les seules preuves de sa naissance, à défaut d'un acte de la mairie d'Oran, tiendraient dans un certificat de baptême.

....

Les archives de catholicité d'Algérie, eux ont été rapatriées dans leur intégralité en France, bien avant l'indépendance et bien avant les accords d'Evian. L'Eglise s'est toujours méfiée de ces peuples « mêlés »... « Les peuples passent, les trônes s'écroulent, l'Eglise demeure... » disait avec raison Bonaparte. Donc, ces archives, pour le diocèse d'Oran, ce sont les Dominicaines de Taulignan, en Provence, qui les hébergent.

....

Mathias s'est décarcassé comme un diable pour obtenir ce certificat de baptême.

Les Dominicaines de Taulignan offrent le gîte et le couvert aux visiteurs désireux de se ressourcer dans la prière, de se retrouver en pleine lumière. Un gros week-end en Drôme provençale, dans la plaine de Grignan ne lui déplairait pas. Il pourra y aller avec Jeanine dans leur nouvelle DS19. Jeanine l'attendra à Montélimar à manger des nougats et dépenser tous les sous de Mathias.

Juste punition pour se venger de son omnipotente belle-mère, qu'elle a quand même subie plus de huit jours. Jeanine espère bien que Léa aura fait des petites, et pourquoi pas des grosses bêtises, en l'absence de sa maman.

Léa ne supportait plus de rester seule sans sa mère. Jeanine ne supportait plus de rester seule avec sa belle-mère. Son infernal fils, fourré presque tous les soirs chez Sasha. Pour soi-disant soigner la petite, mentait-il, bête et innocent comme l'agneau qui vient de naître. Quand il rentrait à la maison, son haleine n'avait rien du lait d'agnelle, mais bien d'un désinfectant à base de Calvados. Même s'il prenait, stupidement, la peine de chiquer des gommes à la menthe…

....

Mathias s'inscrit donc pour un court séjour au monastère de Taulignan. En quête de spiritualité après tant d'années d'errance, plaide-t-il. Sur place, après vêpres et messes basses, suivis ou précédés de repas plus que frugaux avec l'eau limpide et insipide de la claire fontaine comme seul réconfort.

Il donne l'apparence d'un vrai pénitent. Il ne lui resterait plus qu'à se couvrir de cendres et à se faire raser la tête.

Un humble converti qui, à la fin du séjour, demande seulement une dédicace dans sa bible, achetée sur place pour deux fois le prix dans une bonne librairie.

Avec une petite facture et le cachet du monastère, si cela était possible. Toutes choses qui lui sont bien entendus accordées, dans la joie du seigneur pour les retrouvailles de cette brebis égarée. Et bien sûr, l'encaissement d'une petite participation aux frais du séjour.

Il offrira la bible à Sasha. Il en a plus besoin que lui.

Mathias tenait enfin son cachet officiel du monastère de Taulignan, l'entourer et l'habiller d'un certificat de baptême en bonne et due forme tenait du jeu d'enfant.

Irina,

Après Lyon, je dors un peu, bercée par le balancement du wagon. Réveillée aussitôt par le boucan de cette machine, avec ces stupides corbeaux sortant de sa cheminée… Les paysages, eux, défilent à toute vitesse. Vignes et lavandes, coloriant de leurs pastels des champs caillouteux. Villages tâchés d'ocres et de bleus perchés sur des colinettes et gardés par quelques féodales tours… J'ai mal à la tête… Je dois fermer les yeux…

… Je revois aussi cette femme à la gare Part-Dieu. D'où vient-elle et qui est-elle ?? Et cette locomotive grise venant de l'enfer ?? Et ma Sylvie, ma pauvre Sylvie, que faisait-elle dans cette débauche métallique de cinglés. Peut-être que c'est moi la cinglée, en fait. Oui, que tout cela, c'est dans ma tête… Il n'y a que moi qui ai vu ce banc avec cette femme assise… Sasha n'a rien vu… Rien entendu…

Je creuse dans ma caboche de demi-folle pour retrouver l'endroit où je sais l'avoir vue.

…A côté d'une grosse moto qui ronronne dans la nuit… Je suis debout sur un pont, dans la lumière sale d'un réverbère. Elle me tient par la main… J'ai froid et je suis trempée… Je vois à peine… Du sang coule sur mon front… Et pourtant, je ne sens pas de douleur…Sa main est douce et froide… Elle frôle mon front de ses lèvres et me serre doucement contre elle… Je devine des yeux beaux à mourir, mais je ne les vois pas… Elle m'aide à grimper sur la selle à l'arrière de la machine… Ses cheveux caressent et sèchent mon visage avec la douceur d'un foulard de soie… Elle sent si bon… Je suis si bien, si légère maintenant…

….Puis j'ai toussé en recrachant de l'eau, j'avais mal partout… Je tremblais et je vomissais… Quand je me suis enfin retournée, elle n'était plus là.

Sasha,

La gare Saint-Charles à Marseille avec sa splendide verrière, est là. Au bout de ces foutus rails. Beaucoup trop tôt. Les deux dernières heures du trajet, elle les a passées à dormir souriante, sur mon épaule. En me tenant la main… Je n'osais plus bouger. Pas même un doigt pour sécher une paupière…

Arrêter le temps. Bloquer les aiguilles des grandes horloges des gares… Bloquer cette locomotive une petite heure encore. Rien qu'une heure…

Elle est si tout ma miraculée de l'Orne… Miraculée… C'est certain…

….

… Je la revois courir. Un gros type qui essaye de la retenir… La gamine court comme une folle, comme une cinglée, sur ce sol glissant d'huile et de pluie. Comme une dératée jusqu'à ce pavé disjoint qui la précipite dans les eaux noires. Hurler en courant, hurler en tombant… Je vois un homme qui la cherche, penché au-dessus de l'eau…

Coincé sous une porte cochère à fumer tranquillement ma gitane en me cachant, par habitude de militaire… Il ne m'aura fallu que quelques secondes pour frotter mon mégot à terre, enlever mes bottines et m'enfoncer dans l'eau. Encore par habitude de militaire…

…. Je remontais chercher de l'air, quand mon pied a touché quelque chose. C'est elle, c'est sûr. J'arrive à agripper enfin une cheville, puis une tignasse de cheveux et remonter….

Enfin un peu d'air, sûr d'être hors de vue, je lui maintiens la tête hors de l'eau. Du sang presque noir coule doucement de la tempe de la petite, au-dessus de l'oreille, mais plus grave, elle ne respire plus. En tombant, elle a dû cogner une palette ou une planche,

La Peugeot vient de partir…

Il est presque deux heures. Je peux enfin remonter ma naufragée sur le quai … Un cliquetis assourdi d'un gros moteur, engourdi dans son ralenti, prouve que nous n'étions pas les seuls au spectacle. Un moteur de moto de grosse cylindrée, j'en suis sûr…

….

Par téléphone, Mathias nous a réservé une chambre dans un hôtel près de la Basilique Notre-Dame, dans la Montée de la

Bonne Mère. Dans le hall de la gare, j'ai pris le temps de consulter le plan de la ville, on peut y aller à pied. Vingt minutes maxi. Cela me fera du bien de marcher un peu. A elle aussi. Pour souper ce soir, une vraie bouillabaisse sur le vieux port. Un incontournable, a dit Mathias. On essayera de prendre un bus pour y aller.

Demain matin, nous irons déposer nos bagages sur le bateau. La capitaine nous a prévenu que celui-ci serait quai du Maroc, assez loin du vieux port. J'irai tôt, avant qu'il ne fasse chaud...

Première nuit presque complète pour Irina... Et pour moi aussi. Enfin.

...

C'était bien vrai que le quai du Maroc se trouve aux cent mille diables... Plus d'une heure à tirer la gamine et les bagages. Qui heureusement ne sont pas lourds.

Nous avons le reste de la journée pour nous promener à l'ombre de la vieille ville et acheter de jolies choses pour Irina. Et pour moi aussi d'ailleurs, je dois acheter des godasses. Et arriver à me séparer des pourries rangers, qui me viennent encore de la légion. Fringues d'un autre âge, d'une autre vie. Cela me donne l'air d'un déserteur en cavale... Ma dernière sortie, pour acheter des pantalons et des pompes convenables date d'une promenade dans le quartier espagnol d'Oran avec Ismalda. Du sur mesure. Le prêt à porter n'a pas encore traversé la mer des sardines.

La première chose à trouver sera une paire de sandalettes pour elle. Et deux ou trois chemises convenables pour moi. Je laisserai Irina choisir... Un passage chez le barbier et une coupe de cheveux chez un vrai coiffeur pour ma tignasse ne serait pas du luxe non plus. C'est vrai que depuis que je ne dois plus me raser tous les jours, ma tête ferait penser à celle d'un hibou. D'un très vieil hibou.

Arrivés rue Fortia, Irina reste en arrêt devant des godasses. Un épagneul breton devant un canard... Elle y a vu une paire de basket hautes, des Converse avec une grosse ligne rouge au-dessus de la semelle... A porter avec des chaussettes blanches pas trop hautes, c'est confortable et top à la mode, a dit le vendeur. Deux paires de chaussettes presque aussi chères qu'un porte-avion...

J'ai aussi pris une paire de Converse... Sans chaussettes aucune...

C'est vrai que c'est confortable ces trucs là... Mes vieilles godasses ont bêtement cru trouver refuge sous le comptoir du commerçant... Maintenant, elles doivent râler d'être dans une poubelle...

....

Dans ces vieilles ruelles étroites, je ne peux pas m'empêcher de penser à ma ville, Dresde, la plus belle cité de Saxe avec ses petites rues bordées de commerces. Ses églises baroques pleines de statues de couleurs et leur stuc recouvert d'or.

Je devais avoir deux ou trois ans de moins qu'Irina a aujourd'hui, et je me faufilais entre les vélos et les charrettes à bras, dépassant les marchands de marrons chauds, revenant sans cesse pour ne pas perdre ma maman. Elle m'a acheté avec une de ces jolies pièces de dix Pfennigs, faite de porcelaine brune, une petite brioche avec des raisins secs, garnie de massepain et soupoudrée de sucre fin. Le trop bon « Stollen » au massepain. J'en ai gardé le goût dans la bouche pour toujours.

Pour mes quatre ans, papa m'a offert une autre pièce en porcelaine. Une noire de vingt pfennigs, avec sur une face, la tête d'un loup. Le loup de Dresde. Cette pièce est le seul trésor qui me restait de papa. Une jolie piécette bordée d'un filet d'or. A force de traîner dans mes poches, le filet d'or était usé, à peine visible.

Je l'adorais mon papa, tout cabossé et grincheux qu'il était, et il me le rendait bien, à sa façon. Dernier et ultime cadeau offert deux mois avant qu'il ne parte pour toujours. Je l'ai toujours gardée en poche comme porte-bonheur. Sans regret de ne pas l'avoir troquée pour un couteau suisse. Peu après, on ne pouvait plus s'en servir comme monnaie.

A l'époque, elles ont été frappées, ou plutôt moulées, par les banques des grosses villes et les lands comme la Saxe, pour faire face à la pénurie de fer et de bronze et donc de vraie monnaie. Beaucoup ont battu leur propre monnaie jusque 1921, elles font aujourd'hui le bonheur des numismates.

....

J'ai eu un gros coup au ventre quand j'ai cru voir un énorme loup sur le quai de l'Orne. Le jour de l'accident de la petite Un clin d'œil, un signe du paternel, quarante ans après. J'ai su que je devais tout faire pour la sauver. Et cette gamine se tient à côté de moi aujourd'hui, ma fille. Hélas, ma pièce de vingt pfennigs est restée au fond de l'Orne, avec toute la monnaie qui trainait toujours au fond de mes poches… En retour, j'ai la main d'Irina dans la mienne. Que du bonheur. Je ne peux pas m'empêcher de regarder le sourire de la gamine avec sa main dans la mienne. Je ne regrette pas ma piécette de porcelaine…

....

Fils d'un héros…

Sasha est le fils d'un héros de la grande guerre. Comme beaucoup de héros à l'époque, il le fut bien malgré lui. En 1914, de Sarajevo et de la grande Germanie, avec la Bavière, la Bohème et l'Alsace, il n'en avait rien à foutre le pauvre papa de Sasha. Le royaume de Saxe lui semblait bien assez grand pour lui. Son jardin et sa gentille femme lui suffisaient amplement, il savait déjà que le son du clairon à six heures du matin allait vite lui donner le bourdon.

Incorporé dans la Wehrmacht, voilà Ernst Bauer sur le front de l'Yser, en Belgique, aux premières loges. C'est un peu une manie, à ces teutoniques rustres, que de venir décrotter leurs godillots en Belgique. Avant d'ensauvager la France.

....

En voulant s'enfuir de sa tranchée envahie de gaz, un éclat d'obus lui a traversé le haut du bras. Ramené à l'arrière du front, démobilisé puis rapatrié à Dresde, auprès de sa femme. Avec un poumon brûlé, son bras esquinté, il a bien mérité sa Croix de Fer de deuxième classe avec son beau ruban.

Les retrouvailles furent trop joyeuses et bien vite le petit Sasha arriva. La guerre allait se terminer, les ateliers pourront rouvrir leurs portes. Pour Ernst Bauer, il n'est plus question de retravailler, son bras le fait trop souffrir et après un calvaire de deux ans, on doit l'amputer. Sa femme, elle, fait des petits travaux de couture et des ménages dans son quartier à Dresde. Sasha reste alors avec son père et son inséparable bouteille de genièvre. C'est maintenant sa poitrine qui le fait hurler.

L'Hiver 1921 a raison de lui et l'emporte au détour d'une pneumonie. Le gamin a alors quatre ans pour suivre le corbillard tiré par un gros cheval, sa main dans la main de sa maman. Sur un coussin, déposé sur le cercueil, la Croix de Fer est là. Fièrement. Sa mère n'a pas voulu la reprendre à la fin de la cérémonie. Elle aurait préféré une prime pour payer les frais d'enterrement. Elle ne tenait vraiment pas à ce genre de souvenirs, haïssait le maudit Guillaume II, le satanique boiteux qui lui a pris son Ernst. Elle a pleuré seulement de retour à la maison avec son gamin dans les bras. Et plus de charbon pour le poêle.

Le lendemain matin, tenant son petit bout par la main, elle a été prier pour le repos de son Ernst à la Frauenkirche, l'église Notre Dame, le long de l'Elbe. Ils y sont restés plus d'une heure, le gamin a froid mais ne dit rien, ses mains et sa tête dans le manteau élimé de sa mère, à observer les colonnes et les peintures de la plus belle église Luthérienne du pays.

....

A quinze ans, Sasha travaille dans un garage de vélos et motos, où il prend vite goût à démonter puis remonter des blocs moteurs de motos DKW, BMW ou des boites de vitesse. Après la fermeture du garage, le jeune mécanicien démonte complètement une boite de vitesse cassée, pour aligner presque religieusement les pignons, engrenages et tout le Saint Frusquin. Pour tout remonter le lendemain soir. Même s'il doit le faire après avoir brossé tout l'atelier à la sciure de bois. Il aime bien ce travail, et son petit salaire ajouté aux gains de sa mère leurs permet de vivre enfin, sans craindre de voir débarquer le propriétaire pour un retard de loyer. Pour l'école, il n'est pas trop fanatique, seuls les cours de maths et de géographies le branchent. La belle littérature allemande et les déclinaisons à n'en plus finir lui cassent plutôt la tête.

Dans le quartier, il est un peu montré du doigt parce que le samedi, il préfère travailler au garage, plutôt que d'aller dans les mouvements de jeunesse. Sasha, à quinze ans mesure déjà bien plus haut que son âge et fait facilement quatre-vingt kilos, on le montre du doigt, cela s'arrête là.

Il a mauvais caractère, très mauvais même, et cela se sait dans le quartier. Une claque de cet imbécile coûte vite une ou deux molaires.

De toute façon, les Bauer ont plus besoin de sous que de chants patriotiques.

A l'approche du Nouvel-An, ils ont même pu aller sur le marché de Nöel dans le vieux centre de Dresde, marché qui est le plus beau de toute la Saxe. Sa mère s'offre quelques boules en verre soufflé de toutes les couleurs, pour décorer leur sapin. Et un gros pain d'épice pour mettre sous le sapin. Pas de folies, mais un petit luxe dans un pays où le nombre de chômeurs a largement dépassé les quatre millions et où les soupes populaires sont prises d'assaut.

Hitler a été élu chancelier… Ray Ventura pourra bientôt chanter « Tout va très bien, Madame la Marquise ».

Chapitre 10

« Je me suis marié deux fois. Deux catastrophes. La première est partie, la deuxième est restée… »

Francis Blanche

Bastia, 20 juin 1962,

l'Esprit d'Orient a déchargé une vingtaine de palettes de ciment sur le port de Bastia et on se prépare à embarquer des cageots de cerises. Il fait chaud pour le moment, on va abîmer les fruits si on les laisse traîner sur le quai. Les oignons doux ont déjà gagné leurs places au fond de la chambre froide. Ils seront débarqués à Beyrouth. Les Libanais adorent et en mettent dans tous leurs plats et à toutes les sauces. Bien préparé, le mujaddara, recette de riz aux lentilles accompagné de ses oignons frits est une tuerie…

Avec ces palettes de ciment en moins dans les cales, ils pourront avancer un peu plus vite que les douze nœuds péniblement déroulés jusqu'à présent.

Deux femmes à bord,

D'abord la capitaine, Francine. La Patronne. La cheffe au carré. Pas bien grande, cheveux noirs impeccablement tirés en une seule tresse tombant sur ses reins. Un corps fin et musclé, non pas avec les grimaces d'une salle de sport, mais par le boulot. Fille de marin-pêcheur, elle aidait son père sur le bateau, cela laisse du tempérament et des muscles. Presque toujours habillée avec une salopette bleue et son éternel débardeur rayé mais pas d'azur du tout. Tout cela avec des grands yeux magnifiques, d'un gris intense. On pourrait y voir toutes les mers. De l'Atlantique au Pacifique. Son caractère, hélas n'a rien de pacifique. Beaux yeux riment rarement avec beau caractère… Un peu comme le Cap-Horn. Quand deux mers se rencontrent et bavardent.

Elle travaille avec sa belle-sœur, Graziella, une marseillaise, de souche italienne, qui officie aux fourneaux, qui s'occupe du linge, de la capitaine... Dans le désordre. Heureusement pour elle, il n'y avait plus de voiles à hisser ou à affaler…

….

Les deux femmes, d'une bonne trentaine d'années sont veuves.

Veuves mais pas tristes. Francine, tout ce qu'elle pourrait retenir de son naufragé mariage tiendrait dans son devoir d'épouse. Elle préfère donc oublier. Devoir qu'elle a pourtant assumé, sans entrain mais avec dignité, quand son homme rentrait d'une campagne de pêche de parfois deux semaines.

Si seulement, il avait pris le temps d'un bon bain, avec des sels parfumants. Ils étaient prêts, alignés sur le bord de la baignoire, mais non il est crevé. Il n'a pas le temps. Il a travaillé, lui… Merde.

Francine accomplit alors son simulacre de l'acte de reproduction en apnée. Il lui semble être sur le quai, ses fesses coincées au milieu des cageots en plastique vert, rempli de merlans, de rougets et de morues. Le crabe étant au-dessus d'elle. Celui-ci s'agite dans tous les sens, bruyamment. Labourant son dos de ses ongles mal coupés.

Les glaçons ayant fondus depuis belle lurette, elle pouvait reconnaitre les subtiles fragrances des locataires des bacs. La poivrée de la lotte, au mélange changeant d'ammoniac et d'œuf pourri pour le poulpe. Un de ceux-ci revenant justement du marathon de Paris en tricycle. Très fatigué et très transpirant, qu'il est le poulpe.

Le pauvre n'a même pas eu le temps de se doucher avant d'être sauvagement jeté dans le cageot.

Les râles et les reniflements s'atténuent dans le dos de Francine. Le bestiau s'épuise. A défaut d'un orgasme, elle allait récupérer ses organes pour enfin aller pisser...

Sa tâche accomplie, le marin-pêcheur dort parfois vingt heures d'affilée. Avant de programmer, parfois un bain, mais plus sûrement une nouvelle campagne de pêche… Les vrais câlins, les bisous-bisous et les enfants étant pour une autre vie.

….

Pour son mari, le bateau, qui était toute sa vie est aussi devenu son cercueil, ils sont restés ensemble par un banal gros temps. Son lourd chalut, accroché, coincé sur un fond de mer, un rocher ou une épave. En partition marine, ils appellent cela faire une « croche ». Ici, la croche sera noire pour lui, blanche pour Francine…

Le patron pêcheur n'a pas eu le réflexe d'arrêter le bateau en inversant à temps le sens de rotation de l'hélice pour ralentir le chalutier. Ou il n'a pas pu le faire. Il faudrait remonter le rafiot pour le savoir. Celui-ci a coulé en à peine deux minutes, tiré dans les abysses méditerranéens par son chalut, la fatigue ou sa distraction.

Le seul rescapé du naufrage est maintenant sur le « Perle d'Orient ». Fin de l'aventure maritale de Francine après quinze ans de mariage, fin de l'aventure marine du marinier après presque trente ans avec son foutu bateau.

Francine a acheté un nouveau bateau… Elle aime trop la mer… Elle l'a appelé le « Perle d'Orient » et il a la singularité de pouvoir naviguer sur les fleuves et remonter la Seine vers Paris ou le Rhône vers Lyon. Un astucieux système hydraulique permet d'abaisser la passerelle de pilotage pour passer sous les ponts.

…

La vie à bord s'organise en toute quiétude.

Francine tapote calmement la barre le matin, chipote ennuyeusement ses papiers l'après-midi et tripote amoureusement Graziella la nuit.

Deux gars tiennent la barre à tour de rôle et ronchonnent pour les corvées patates et légumes. Eux, obéissent à Graziella. Un seul matelot se tape la partie moteur et le nettoyage du bâtiment. A quai, c'est encore lui qui organise les transbordements, toujours en rouspétant, comme il se doit pour un Marseillais qui doit obéir à une femme. Graziella a beau dire que, en réalité, c'est lui le chef et qu'il est, bien sûr, le meilleur et qu'on serait complètement foutu sans lui… Il rouspète quand même…

Elle va revenir avec, probablement, du lieu jaune tout frais pêché pour le dîner et le pain à réchauffer au four pour demain. Le lieu est son poisson préféré. Pendant la traversée, Graziella cuit, elle-même, du pain au levain et le réussit très bien, tout comme ses pâtisseries. Seuls les croissants au beurre achetés à Marseille sont stockés dans le congélateur pour être réchauffés tous les matins.

Ils repartent ce soir pour la Sicile puis vers Malte. La cabine de Sasha et d'Irina n'est pas très spacieuse, mais vraiment lumineuse. Hier, Irina a pu voir des dauphins suivre le petit bateau jusqu'à l'entrée du port de Bastia. Un spectacle de toute beauté, même pour Sasha, qui fait toujours le blasé de tout, mais qui agrippe le bastingage pour l'admirer.

....

Sasha,

Il y a quatre ans, au sortir du port d'Alger, j'aurais pu en admirer quelques-uns de ces jolis dauphins, mais l'ambiance à bord n'y était pas.

Le « Ville de Bordeaux » ramenait en métropole les corps de dix-huit « appelés » français tués en opération. « Appelés » étant le nom affectueux des conscrits envoyés à la boucherie.

Cette traversée marquait pour moi la fin du très long service dans les armées, plus de vingt années. Me voilà un civil comme les autres, avec une petite pension de la légion, et je ne me plains pas. De plus, comme je ne dépensais rien en Algérie, j'ai un petit trésor de guerre. A la caserne, on m'a dit que je pourrai même toucher une pension de l'Etat allemand pour mes six ans de service dans la Wehrmacht. Je ferai la demande... Ils me doivent bien cela ces cons....

Le plus pénible sera d'oublier. Vider ma tête et mes tripes de toutes les horreurs vues et entendues, et les horreurs que moi-même ai pu commettre. Les soldats, en bande comme ils le sont si souvent, oublient parfois qu'ils sont humains, et il suffit alors d'une étincelle ou d'un regard mauvais pour basculer dans la bestialité la plus sordide. Je sais que j'ai été souvent un soldat avant d'être un humain.

Je sais surtout que je ne dois pas faire le fier et le fort en gueule, mes mains sont là pour me le rappeler. Même si je les cache dans mon dos...

Mon Ismalda a disparu quelques huit mois plus tôt. Assassinée, massacrée par son frère qui ne pouvait plus supporter qu'elle se « donne » à un étranger. A un mercenaire de l'armée française de surcroit.

Après le décès de son mari, le frère d'Ismalda, Yacine, aurait voulu qu'elle épouse enfin, dans la tradition musulmane, son ami. Un ami qui, comme lui, est supplétif dans l'armée française. Le père d'Ismalda étant décédé, c'est Yacine son tuteur, elle aurait dû obéir. Même à vingt-quatre ans. Même en terre française… Tradition oblige.

Elle a toujours refusé, considérant cela comme archaïque et estimant qu'une femme, même en terre d'Islam, vaut plus qu'un chameau que l'on offre à un ami. La déception a vite fait place à la rancœur, puis à la rage et à la haine, la soif légitime de laver l'affront, « l'offense à l'Islam ».

Ismalda n'en a pas tenu compte et a continué à ignorer les conseils appuyés de son frère en poursuivant sa mauvaise fréquentation. Elle m'en avait parlé, plus sur le ton de la boutade que par crainte. Je n'aurais jamais cru cela possible… Une telle barbarie…

….

On a retrouvé le corps d'Ismalda à l'écart du village de El Kerma, près du lac d'Oran, enfoui dans la vase. Enfin, ce qu'il restait de son corps… Tuée de deux décharges de fusil de chasse dans le dos. Courageusement. A bout touchant…

Le crime est signé. Seuls les Harkis, les supplétifs de l'armée régulière, reçoivent des fusils de chasse avec une munition de ce type. Ils ont l'autorisation de les emporter pour des missions bien définies et les cartouches sont comptées par les militaires. Fusils qu'ils doivent normalement remettre à la caserne sitôt leur « mission » terminée. Souvent, ils oubliaient ou revenaient trop tard.

La presse locale n'en a presque rien dit, Les gros titres étant réservés aux faits de guérilla du FNL, de plus en plus fréquents dans les environs. Pour tout le monde, et pour la police, ce crime reste sans doute une exaction de plus de ces rebelles. Les fellaghas.

J'ai retourné plusieurs fois le gros sablier de la patience avant de passer à l'action, le temps nécessaire pour que les assassins ne se méfient plus de moi, en me croyant parti sur d'autres fronts, d'autres Ismalda.

Comme je l'ai si bien appris, et comme maintenant je l'apprends aux petits nouveaux, je n'ai pas laissé à la plaidoirie de la défense le temps de s'enliser dans de funestes et stériles langueurs.

Je n'ai été sur la tombe d'Ismalda dans le cimetière musulman de Ain Beida, que mon devoir terminé.

....

Grâce à la revue de la légion, Le Képi Blanc, j'ai facilement trouvé un petit boulot dans les Cévennes, entre Alès et Nîmes. Un trou perdu. Un couple d'anglais qui a une grosse propriété sur Saint-Félix cherchait un garde-chasse, jardinier ou homme à tout faire pour l'entretien de leur domaine. Pour dissuader, autant que possible le braconnage, s'occuper des coupes de chênes verts et de châtaigniers et mettre le chauffage en route pour leurs vacances en hiver. Je dois aussi parfois aller les chercher à la gare de Nîmes.

Dans un village plus bas, j'y ai trouvé un logement. Rudimentaire mais avec un grand terrain pour rouler en moto. Une ancienne bergerie à l'écart, dans le fond du village de Monoblet. Une bergerie, sans doute abandonnée par les romains depuis plus de deux mille ans, appartenant maintenant à la mairie, et qui devrait être restaurée. Le maire voulait bien y amener l'électricité. Pour l'eau, dans un premier temps, elle devra être tirée d'un puis. Elle est très bonne. Parait-il... Mais potable, il ne sait pas...

La mairie me la loue pour trois francs, six sous. A la place des moutons, j'ai pu aménager mon petit atelier pour ma BMW algérienne. Je reprendrai un jour mon boulot de mécano. Dans le village, on me fout la paix. Tu es devenu français par ton sang versé en Indochine m'a dit pompeusement le maire. Il ne faut pas que je me prenne pour un héros, non plus.

….

La vie à bord,

Sur l'Esprit d'Orient, avec la cuisine de Graziella, Irina semble déjà reprendre un peu de couleurs. Les pâtes fraîches au pesto de chèvre et ses morceaux de lieu jaune ont eu un beau succès hier au dîner. Irina a dévoré comme si c'était la première fois qu'elle mangeait depuis trois mois et sans chipoter, pour essayer de découvrir des arêtes. Pas comme ce mal-élevé de Sasha. Qui n'en a d'ailleurs pas trouvé.

Graziella s'est vraiment entichée de ce bout de bonne femme qui est devenue son ombre. Tout l'après-midi, la petite fait une sieste sur ses genoux, l'italienne lui massant tout doucement les épaules et le cou avec de l'huile d'amande mélangé à une pointe de miel. Le miel étant divin, dit-elle, pour soigner les tensions et l'insomnie. Pour Graziella, Irina s'appelle maintenant Nina. La cuisine et la vaisselle ont dû attendre… Sa capitaine de Francine aussi. Elle aurait préféré être à la place de Nina pour le massage… Après tout, elle aussi a des problèmes de tension et des insomnies…

Irina n'a toujours pas dit un mot intelligible, mais comprend ce qu'on lui dit. Si elle se force à vouloir parler, ce ne sont que des pleurs qui arrivent, sans un bruit, comme une fontaine, dit Graziella en riant.

A Marseille, Sasha a acheté cahiers et papier à dessin. Tout un épais cahier. Des magnifiques crayons de couleurs, des Caran d'Ache, dans une boite métallique. Ces pastels forment un bel arc-en-ciel dans leur étui, avec toutes les nuances de rouge, de bleu ou de vert. A la sortie du magasin, en serrant sa boite de crayons contre sa poitrine, elle a un sourire tremblant de bonheur dans ses yeux.

….

Deux abécédaires pour distraire ou embêter la gamine pendant la traversée complètent la boite de pastels. C'est avec Graziella que Nina voudra bien dessiner. La Méditerranée et un semblant de bateau. Il n'y a pas encore de soleil tout jaune sur la feuille, mais il viendra. Comme le bleu de la mer qui cet après-midi est très, très foncé, avec quelques coups de rouge vif.

Avec l'abécédaire, Graziella aide Irina à former des lettres, des chiffres. Tous signes cabalistiques qui reviennent de loin, de sa vie d'avant… Des petits mots se forment, se tournent, s'ébrouent autour de coloriages de moins en moins sombres. Chaque victoire se fête avec beaucoup de rires, de crème noisette sans noisettes, et bien sûr cocoles à chaque récré…

…

Un couple d'anglais, si l'on en croit les passeports présentés à la capitainerie de Marseille, âgés d'une soixantaine d'années, occupe la cabine voisine de Shasha et Irina. Plus discret qu'eux, cela ne doit pas exister. On ne les voit que dans la salle à manger, toujours habillés comme pour aller à la messe. Et d'une politesse exquise, le mari aurait fait le baise-main à Francine, si sa femme ne l'avait arrêté d'un regard. Au vu des petites cuillérées hésitantes pour le manger, ils n'ont pas trop aimé le tiramisu de Graziella, mais ils ont achevé leurs desserts sans grimace aucune. Le flegme britannique. Leur mauvais goût aussi, le tiramisu méritait trois étoiles au Michelin.

Courtoisie qui s'est évanouie comme un soufflé au fromage quand Francine, jouant sa carte de capitaine de vaisseau, a couvert de louanges la couronne britannique et sa jeune et charmante reine Elisabeth. Erreur fatale pour notre malheureuse hôtesse. Dans un français haché par l'émotion, notre sujet de la couronne a expliqué qu'il n'était pas britannique et encore moins anglais mais gallois, et que le pays de Galles est sous occupation britannique depuis bien trop longtemps.

Il aurait été mal venu de lancer un « Good Save The Queen » sur le tourne-disque du salon… Et le devenu disgracieux sujet de sa Majesté, très mécontent de l'être, est retourné, la tête haute, dans sa cabine.

Sans même toucher à son Cognac, preuve, s'il en était, d'une contrariété extrême. Suivi de son épouse qui a eu beaucoup de mal à cacher son embarras d'avoir un mari aussi, disons, malpoli envers ses hôtes. Et franchement grossier pour un Cognac « extra Old ». Celui-ci n'a pas été perdu pour autant, Sasha ne lui a pas laissé le temps de s'évaporer. La part des anges, Sasha en fait son affaire.

Graziella est morte de rire surtout qu'elle sait très bien que sa chérie n'en a vraiment rien à foutre de l'empire britannique et de sa reine Elisabeth, elle voulait seulement dérider les deux mangeurs de plum-pudding.

Le lendemain, au dîner, grand retour de l'affabilité et de la courtoisie des malgré-tout sujets de la couronne. Sans doute un peu cyclothymiques, mais charmants avec leur hôtesse. Ce soir, on a parlé de l'Italie, de Florence et notre gallois a achevé son cognac. Au grand dam de quelqu'un. La routine pouvait s'installer.

…..

Dans sa cabine, Sasha peut enfin se reposer de ses émotions normandes et il en profite. Le matin, il est parfois onze heures avant de le voir émerger. Ses croissants sont mis de côté et son chocolat chaud l'attend dans sa bouteille thermos. Nina, elle, suit sa Graziella comme son ombre, épluche les patates, coupe les légumes en tout petits morceaux, pour aider ensuite à trier le linge. Une vraie petite matelote.

L'après-midi, place à la « siesta » comme dit Graziella. La gamine pose sa petite tête sur ses cuisses et attend ses grattes-grattes comme un petit chat. Des siestes de parfois une heure, suivies d'un fond de tiramisu ou de crème au citron ou de n'importe quoi, pourvu que la gamine grossisse un peu. On lui voyait toutes ses côtes à la petite, Poverina piccola , dit-elle en refrain. Elle, elle n'a pas ce problème, on ne lui voyait pas les côtes. La cuisine sans Pecorino et sans beurre, elle connait pas.

Sasha aussi aimait bien Graziella. Graziella et sa cuisine, Graziella avec ses longs cheveux noirs et ses yeux beaux à n'en plus finir.

Le soir, autour des jeux, Graziella et lui pouvaient rire de tout et de rien, surtout après les petits Cognacs traditionnels. Ou mieux encore, cette délicieuse liqueur glacée au citron, le limoncello, qui se laisse boire comme un diabolo menthe. Une vraie traitrise pour ceux qui ne la connaissent pas. Notre dresdois ne le connaissait pas.

Après quatre jours de navigation, le petit caboteur approche de l'île de Malte, le voyage touche à sa moitié. Hier soir, Graziella a essayé de le saouler, avec la complicité de Francine, et de son jeu de tarot. Jeu qui pour Graziella s'appelle le « Tarochinni ». Déjà sur le nom, elles n'étaient pas d'accord. Tout ce qu'il a retenu reste la beauté des cartes du jeu, quant au jeu lui-même, avec un fou qui devient une excuse et qui après devient un atout, des règles qui varient selon le degré d'alcool contenu dans le sang, il n'y a rien compris.

Francine et Graziella se prennent la tête pour imposer leur jeu, les règles du tarot sicilien ou du Marseillais sont différentes du tarot piémontais. Le matelot, lui, contrarié que l'on ne suive pas ses idées de marseillais a déclaré forfait et râle dans sa cabine. Sasha adore le limoncello. Et les deux femmes ont décidé de l'enterrer, ce géant, comme elles disent. Malheureusement pour elles, l'ancien légionnaire tient rudement bien l'alcool. En Algérie et en Indochine, on ne boit pas que du lait de chèvre. Graziella en a été pour ses frais.

C'est elle qui est tombée la première, sa jolie tête sur ses cartes bariolées. Francine a vite suivi. Il a dû les porter et les remettre lui-même dans leur cabine, puis sur leur lit.

Nina, elle, s'y était réfugiée dès les premiers cris et dort depuis des heures quand Sasha a déposé Graziella à côté d'elle. Puis, il a cherché le lit de Francine, mais il n'y a qu'un lit. Un grand lit certes, mais un seul. Il a repris la petite encore endormie pour la ramener dans leur cabine. En ronchonnant.

….

Le lendemain après-midi, à l'escale de Malte, Graziella a proposé de visiter La Valette. Elle adore cette ville fortifiée, passage obligé des belliqueux croisés pour rejoindre la Terre Sainte. Longtemps occupée par ces mêmes croisés.

Fraîche et bruyante dans ses petites rues pentues. Fraiche et silencieuse dans ses multiples églises. Elle voudrait revoir la cathédrale Saint Jean avec sa Nina. Parce que maintenant, Irina, c'est sa Nina à elle toute seule. Ils avaient une après-midi de totale liberté pour en profiter. Francine va rouler de nuit, comme elle dit… Le couple d'anglais a préféré partir de son côté pour une visite de la cité, en calèche.

Sasha, lui, est de mauvais poil. Il râle. Il n'a pas envie de bouger. Il est crevé. Il a mal au crâne… Il devait se reposer a-t-il dit.

- Viens avec moi ma chérie, ton papa fait son ronchon-la-poule tellement il a bu hier, on se mangera une glace au citron rien que nous deux.

_ …

- C'est ce qui arrive quand on ne tient pas le limoncello... On râle sur n'importe quoi ou sur n'importe qui, pourvu qu'on puisse ronchonner.

_ ...

_ A propos, en français, « chade » cela veut dire quoi ?

- « Schade », « es ist Schade », cela pourrait dire « dommage » ou « merde alors ». Pourquoi ?

- Rien. J'ai cru entendre cela hier soir. Quand tu m'as déposée ou plutôt jetée sur mon lit, mais je peux me tromper, dans l'état où j'étais. Pourquoi aurais-tu dit cela, d'ailleurs ? ou alors, tu étais aussi bourré que moi et peut-être avais-tu des idées bizarres dans la tête et ailleurs en me déposant sur le lit ?

- Ok, je viens, mais c'est pour avoir un œil sur ma fille. Avec ces italiens...

- Tu es trop gentil toi aujourd'hui... Mon papa vient de Sicile, de Palerme. Et il était très gentil, lui. Et pour information, Malte ce n'est pas l'Italie...

_ ...

- Mon mari aussi était sicilien, mais de Catane. Avec lui dans les rues de Malte, alors là, tu aurais eu raison de tenir mon Tesorino par la main. Et de bien la tenir.

....

Graziella,

Si tu savais tout sur moi, mon beau Sasha, tu ne me regarderais plus avec tes yeux d'amoureux... Ma porca di miseria, qu'est-ce que j'aime quand tu me regardes ainsi...

Quand tu me regardes ainsi, je suis de nouveau une femme. J'ai moins de cernes sous les yeux et mes petits bourrelets à la taille ont tous disparu. Plus de cheveux gris qui bataillent. J'ai envie alors de me remettre un peu de bleu sur mes paupières, de noir sur mes sourcils, et beaucoup de rouge sur mes lèvres… Si tu savais, mon beau Sasha, tous ces frissons dans mon ventre à cause de toi… Cela fait trois nuits, que cela dure. Francine croit me donner du plaisir, mais c'est toi qui es dans notre lit. Ce sont tes mains qui me caressent, ce sont tes dents qui me mordillent, tes lèvres qui me couvrent de baisers.

Je crève de toi. Je crève de vouloir sentir, même une seule fois, ton souffle chaud dans mes cheveux, dans mon cou. Partout…

….

Mon ex, on l'a retrouvé tout froid, tout raide, tout bête dans le quartier du Panier, rue des capucines. Alourdi de deux balles de 9mm. Banal règlement de compte. Selon la version officielle. Il y en avait tellement de ces règlements de compte. Ce branquignol ne faisait qu'attendre son tour, en fait. La mafia calabraise agrandissait son terrain de jeu à Marseille et les petits paumés, surtout les siciliens, n'y avaient plus leur place. Déjà cinquante-deux meurtres cette année-là. Alors, un de plus ou un de moins, cela ne pèse pas lourd… On ne va pas appeler du renfort de Paris pour le petit Gino…

….

Ce matin-là, il est de mauvais poil, mon Gino, il a trouvé mon café vraiment mauvais, dégueulasse, imbuvable. Que j'étais une idiote de ne même pas savoir me servir d'une Bialetti.

Je lui ai dit qu'il pouvait le faire lui-même la prochaine fois. Qu'il savait allumer le gaz… Qu'il m'emmerdait avec sa Bialetti….

J’ai alors eu droit à la grande « branlée » comme il disait… Des claques dans la figure jusqu’à me foutre à terre, et quelques solides coups de pieds dans le dos, pour faire bonne mesure… Et il est sorti en fermant tout à clef. Je ne savais plus respirer, plus moyen de faire rentrer de l’air dans ces putains de poumons. J’ai mis des plombes pour me relever, en m’accrochant partout. Mon nez, qui avait vu la Bialetti de trop près et ma bouche qui pissaient le sang.

….

Un de nous deux était de trop. Moi, je savais lequel. L’horloge de la Major vient de taper les onze heures quand je me suis relevée. Je m’en souviens comme si c’était hier. J’ai pensé à ce que je devais faire. Et je l’ai fait. Comme une mécanique.

Il ne sait pas que j’ai des doubles. A toujours prendre les femmes pour des demeurées. Petite vérification sous la baignoire, tout y était. Surtout son vieux Beretta, emballé dans un papier huilé et un torchon. Son nouveau, il le trimbale toujours avec lui. Pour faire peur, qu’il disait. J’ai engagé un chargeur et je me suis préparée. Une perruque du temps où j’en changeais souvent pour « travailler ». Lunettes noires pour cacher mes cocards et bas en résille pour les bleus de mes jambes. Beaucoup de fond de teint. Tennis et veste noire. Comme mes idées… Très noires… Vers les quatre heures, J’ai planqué au Paradisio, rue de la Charité. De là, j’ai vue sur tout le quartier. Discrètement, à boire des limoncello allongés de beaucoup de Perier. J’ai du travail…

….

Je connais ses habitudes. C’est un répétitif, ce con… Venant de la rue de Lorette, il devait passer devant le Paradisio. Je l’ai aperçu de loin dans la pluie. J’ai laissé deux-cents balles sur la table et je suis sortie. Sans me presser, à mon aise. Malgré le froid et le vent qui venaient du port.

Il m'a cherchée ce matin, ce soir il va me trouver. Et Il nous a trouvés, moi et son Beretta 34 recouvert de deux torchons humides pour atténuer le bruit. Il pleuvait comme il peut pleuvoir en novembre. Des grosses gouttes qui heurtent les volets déjà baissés, qui me plaquent ma perruque sur la nuque. Il est à peine cinq heures et pourtant plus un chat dans les rues.

Il ne m'a même pas reconnue quand je l'ai appelé par son prénom, amoureusement, et qu'il s'est retourné. Son bouquet de fleurs à la main. Bouquet de pivoines qu'il m'apporte parfois après les grandes « disputes », comme il dit. Ce bouquet ci restera pour lui tout seul.

Une première munition dans la poitrine, pour le calmer, mes yeux dans les siens. Des yeux de lapin pris dans les phares d'une bagnole. Mes mains n'ont pas tremblé. Il est maintenant à genoux, ne sachant où tomber. Les pivoines, elles ont trouvé leur place, éparpillées à terre. Le lapin, lui, fait la grimace. La bouche ouverte. Une deuxième munition pour le finir. Il est toujours à genoux. Je dois le pousser du pied pour qu'il tombe enfin. Quand je m'éloigne, j'entends sa tête taper sur les pavés du trottoir… Bêtement.

….

Ne pas oublier de brûler un cierge à la chapelle des Pénitents Noirs, rue du Bon Jésus. Mais cela, je le ferai demain. Maintenant, je dois me changer et aller chez Francine. Préparer mes alibis. On ne sait jamais…

….

Tout cela, je ne te le dirai jamais, mon beau Sasha…

Je ne regrette rien. Rien du tout. Son Beretta 34 est maintenant à moi. Il ne me quitte plus. Je l'aime et il m'aime. De toute façon, il va trop bien pour le jeter à la flotte.

….

Mes quinze ans, ma bêtise et ma virginité sont trop vite tombés sous le charme de cet italien même pas ténébreux. Deux mois plus tard, je claque la porte de chez papa et maman après une banale dispute pour du rouge à lèvres. Ils n'aimaient pas ça, mes parents.

Il n'a pas fallu trois semaines pour que Gino me rencarde dans le passage Lorette. Pour payer ma bouffe, qu'il disait… Et mes fringues bien trop courtes, et mon rouge à lèvres….

Quelques solides paires de claques ont eu raison de mes derniers étonnements.

Je n'aurais jamais osé retourner chez mes parents pour me plaindre. J'aurais eu trop honte, et de toute façon, ce n'était que du provisoire. Il y a aussi la menace de se retrouver dans les eaux du port avec un parpaing lié à mon cou. Au cas où subsisteraient quelques dernières et stupides réticences. Je n'aurais pas été la première à nourrir les poissons, loin de là. Dans ce riant quartier du Panier, c'est connu. Du provisoire qui a duré.

….

Pendant trois ans, Graziella a subi la puanteur des marins, les sales manies des notaires, la mauvaise haleine et les gifles de son mac. Trop souvent, le tout en une seule passe.

Devenu un peu plus riche et un peu plus jaloux, son « fiancé » l'a sortie de là pour l'enfermer dans son appartement et la posséder à plein temps. Graziella est devenue sa gâterie, sa chose. En contrepartie, ses déplacements sont maintenant limités, très limités. Gino menace de l'enfermer dans la cuisine quand elle part trop longtemps pour ses courses. Elle devient folle d'être enfermée chez elle. De se ramasser des claques dans la figure pour n'importe quoi. N'importe quand. Graziella apprend…

Elle a quand même réussi à se constituer un petit viatique, « au cas où ». Elle a très vite découvert la cachette où son Gino, pas très malin, planquait son trésor. Quand il revenait d'une tournée de ramassage de fonds, il s'enfermait toujours dans la salle de bain. Il ne pensait même pas à faire couler le robinet pour faire croire que… Le lendemain, elle allait à la pioche de quelques Minerve et Hercule, les beaux billets de mille francs anciens. Elle délaissait presque toujours les grosses coupures. La planque de Gino était bien trouvée. Une latte de plancher déclouée sous la baignoire, recouverte d'un morceau de balatum.

Sans gourmandise aucune, elle a récupéré en quatre ans tous ces petits sous. Sa mise personnelle, son fonds de commerce à elle, qu'elle dit. Et même un peu plus, en guise d'intérêt. Toutes ses économies à elle, se retrouvaient planquées chez Francine. C'est d'ailleurs elle, qui lui a montré comment faire, elle-même se constituait une petite cagnotte.

Graziella aurait voulu les mettre à la banque, à la Société Générale, mais nous sommes en 1954 et la femme a encore besoin d'un tuteur ou d'un mari pour ouvrir un compte bancaire. Les femmes et les débiles mentaux. A l'Assemblée Nationale, on parle de le permettre aux veuves qui n'ont pas démérité. Les sénateurs devant encore définir le terme « démérité »… Un premier pas. Les autres femmes pourront le faire « dès » juillet 1965, pas avant.

Il fallait donc l'autorisation du mari pour ouvrir un compte bancaire. Il aurait été indélicat de lui demander.

Plus que deux ans grand maximum, et elle pouvait tirer sa révérence, laisser ce sinistre imbécile dans sa rue des Pistoles pour se retirer dans un monastère, où elle ne verra plus jamais un homme.

Non seulement, le Beretta, modèle 1934, et ses deux balles bénies de 9 mm a raccourci son temps d'infernal purgatoire, mais en plus, il lui a donné la pleine propriété d'un magot de presque vingt millions de francs anciens. Plein de billets de dix mille francs, les très beaux Bonaparte, qui dormaient dans une boite à biscuits Pernot. Boite où ils prenaient l'humidité, à en devenir asthmatiques. Graziella les a sauvés… Ajoutés à son épargne postnuptiale, elle est tranquille pour un moment.

Place de la cathédrale, le glacier tient toutes ses promesses, ses glaces sont plus que délicieuses. Elles ont été englouties dans un silence religieux.

Dans l'église, le décor est somptueux, toute la voûte est recouverte d'extraordinaires peintures baroques et le dallage compte plus de trois-cents cénotaphes en marbre. Pour se souvenir des preux et beaux chevaliers de l'ordre du Temple. Sasha observe Graziella à la dérobée et aurait bien voulu lui prendre la main, quand elle explique les détails de cette église, que visiblement, elle connait par cœur.

Sa main a frôlé la sienne plusieurs fois. Il est sous le charme de sa voix, de cette musique chaude et sensuelle. Une musique remplie de fleurs d'oranger, de jasmin et de ce soleil de la méditerranée qu'elle a retrouvé au large de la Sicile. Il aurait voulu enfouir son visage dans son cou, y goûter toutes ces saveurs… L'endroit ne s'y prête pas…

Dans la grande nef, Graziella s'est agenouillée sur une dalle de marbre noir. Le cénotaphe d'un chevalier de l'ordre hospitalier. Un des quelques quatre cents chevaliers morts lors du grand siège de La Valette par les Turcs. Puis, seule, s'est dirigée vers la crypte où reposent les quatre grands maîtres de l'ordre. Elle voulait y aller seule. Elle devait prier.

….

Dans la rue qui descend vers le port, Graziella a offert à Irina une petite chaine en or avec la croix de Malte, qu'elle a fait graver sur place avec son prénom, Nina. Pour qu'elle se souvienne d'elle, pour qu'elle ne l'oublie pas trop vite, a-t-elle dit en riant. Avec cette fois, une petite larme de rien du tout brillant dans ses yeux, et celle-là Irina l'a vue.

-Surtout, ne la perd pas. Si tu la perds, tu te perdras toi-même… dit-elle, un vibrato dans la voix.

Le ton de Graziella est solennel. Comme la voie d'un prêtre donnant la Sainte Communion… En la mettant autour de son cou, Irina a été parcourue d'un grand frisson. Elle a mis cela sur le compte du contact froid du métal sur sa peau…

….

Le retour au bateau a manqué de romantisme. Le foutu moteur auxiliaire du rafiot est à l'arrêt depuis plus de trois heures et pas moyen de le faire repartir. Francine est aux quatre cents coups pour la chambre froide, les frigos de la cuisine. Toute l'électricité du bateau vient de ce fichu groupe électrogène de malheur, de ce tas de ferraille à pistons qui ne demande que des grands coups de pieds et de masse. Et André, le mécano-matelot de service est toujours à flemmarder dans Malte.

Un regard vers Ronchon la poule, que la glace au citron-pistache et le sourire de Graziella ont réussi à dérider et celui-ci est allé se changer pour descendre dans la cale, suivi par sa fille. Les filtres à gasoil sont remplis de boue. Démontés et nettoyés à l'essence, le moteur est reparti en dégageant un énorme nuage de fumée noire. En travaillant, il explique à son apprentie le pourquoi et le comment de ce qu'il fait. Irina ne comprend rien mais écoute religieusement. Pour sa peine, elle a pu remettre l'engin en route toute seule. Les oignons doux et les cerises pour Beyrouth sont sauvés, ainsi que les croissants au beurre de Sasha.

L'exploit du légionnaire-mécanicien-plus-ronchon et de son apprentie méritait l'apéro, un Martini, et des petits toasts à la mozzarella et au basilic. Avec un limoncello coupé de beaucoup trop d'eau pour Nina. Heureusement, le Martini est resté bien froid.

De La Valette à Beyrouth, le petit cargo en a encore pour trois jours. Ils ne feront pas escale à Chypre, ainsi Francine pourra rouler à une vitesse plus réduite et économiser le moteur et pas mal de fuel. A Chypre, les revendications territoriales entre Grecs et Turcs recommencent à se faire bruyantes, et la flotte militaire turque n'est pas des plus aimables. Francine préfère ne pas y faire escale. Ils ont assez de fuel pour rejoindre directement Beyrouth et de quoi tenir un siège de huit jours dans la chambre froide.

Les derniers soirs, pour éviter toutes discussions hasardeuses, ils ont joué aux dames et aux dominos. Difficile de se disputer avec les règles de ces jeux. Nina a vite compris les règles du jeu de dames et a pu terminer une partie contre Francine. Sasha, lui, a battu assez sèchement Graziella. Peu courtoisement. Puis l'a laissé gagner. Fort bêtement. Peur de perdre sa dame. Dame, qu'il croyait non encore gagnée.

Nina a pu observer que les mains de l'un et de l'autre se frôlaient, s'attardaient ou se croisaient très souvent. Un théâtre de petites marionnettes à dix doigts.

La nuit, elle a entendu son Sasha se lever, attraper ses cigarettes pour aller empester l'air sur le pont. Elle ne savait pas de qui ou de quoi elle aurait pu être jalouse, mais elle est inquiète quand même.

....

L'après-midi du jeudi 28 mai a vu le petit cargo s'amarrer le long d'un quai presque désert. Le soleil est encore là, bien haut et il fait chaud, très chaud. Malgré ce petit vent qui caresse le port.

Graziella a vraiment les pieds hors de ses sabots, elle ne veut plus lâcher la main de Nina, lui parle un mélange d'italien et de français. Incompréhensible. Ses yeux sont rouges, même si elle veut les cacher sottement derrière des lunettes de soleil..

Chapitre 11

« Je tiens beaucoup à cette montre. C'est mon grand-père qui me l'a vendue sur son lit de mort. »

Woody Allen,

Beyrouth, Samedi 30 juin 1962,

Louis Bertier semble satisfait de lui. Ce samedi matin, le chirurgien revoit sa jeune opérée après sa nuit de garde. Il a pu dormir quelques heures, entre deux bobos et quelques jolis points de catgut.

Il est presque six heures, les meilleures heures d'après lui, les couloirs sont calmes. Les infirmières de nuit achèvent de préparer les conditionnements de médicaments et les rapports pour la relève. Celle-ci devrait arriver dans une petite heure et tout l'étage baigne encore dans une torpeur douce et tamisée. Pas comme hier, vendredi.

....

Ce vendredi 29 juin, la ruche tourne à plein régime. Louis Bertier regarde une dernière fois, les radios de sa patiente, l'ampleur des dégâts sur la tête de la petite française qui venait d'arriver ce jeudi. Les os commencent à se ressouder, mais pas à la bonne place. Il dépose son verre de cognac sur l'évier, dans son bureau. Il en a besoin avant chaque grosse opération. Cela le calme, enlève son stress préopératoire. Son maître de stage à Bordeaux, lui aussi, ponçait ses angoisses avec du cognac

....

Louis Bertier est au Liban depuis 1952, il travaille pour une organisation d'aide aux enfants, sous l'égide de la Croix-Rouge française et du Croissant-Rouge libanais. Il est maintenant chirurgien-orthopédiste. Dans un premier temps, comme beaucoup d'autres médecins, il allait faire de l'humanitaire pour parfaire ses connaissances, travailler ses routines. Le côté bon samaritain ne l'avait pas effleuré. Les cas-patients intéressants dans ce camp ne manquaient pas et ceux-là ne râlaient jamais, même si on les amochait un peu, ou si une cicatrice n'était pas très belle. Un peu comme à l'armée. Les rapports, qui ne servent jamais à rien, en moins.

En 1953, il a pu assister à l'arrivée continue de réfugiés venus de Palestine dans le camp de Bourj El-Barajnen au cœur du grand Beyrouth. Depuis trois ans, ce camp ne désemplit plus, près de dix mille personnes s'y entassent, dans le plus grand désordre et la plus misérable promiscuité.

Ces réfugiés fuient les attentats et le dynamitage de leurs maisons sur leurs terres annexées par le nouvel état d'Israël. La Palestine allait devoir payer pour les crimes commis sur les juifs en Europe. Aujourd'hui, les Palestiniens fuient leurs terres et la persécution. Un peu comme leurs nouveaux oppresseurs l'avaient fait quinze ou vingt ans plus tôt en fuyant la très Nazie Allemagne et la très Catholique Pologne.

Avec cette différence, que les Palestiniens eux, avaient envie de revenir un jour, chez eux, dans leur Palestine. C'est pourquoi beaucoup d'entre eux sont partis avec la clef de leur maison. Sans trop d'illusions, d'ailleurs. Pour eux l'invasion de leurs terres, c'est la fameuse Nakba, la catastrophe. Cette clef est devenue pour beaucoup d'entre eux, le symbole de leur résistance.

Le contrat de Louis Bertier prévoyait un retour en France après un an. Il n'en est plus parti.

Ce docteur aimait les choses difficiles, compliquées, et Raïssa, infirmière dans le camp pour le Croissant Rouge libanais en fait vraiment partie, de ces choses compliquées. Cette jolie palestinienne comprend et parle parfaitement et même délicieusement le français. Avec un petit accent qui sent bon le coquelicot, mais répondra, d'abord, en arabe. Pas dans la langue de l'envahisseur... Raïssa a suivi ses études d'infirmière et de sage-femme en français, à l'hôpital Saint-Joseph où Louis Bertier exerce son art et donne des cours.

Après son indépendance, le Pays du Cèdre a gardé le français comme langue officielle avec l'arabe. Mais Raïssa ne supporte pas les français, complices selon elle, par leur silence assourdissant, de cette fameuse Nakba.

Le combat a été rude. Il a fallu démontrer que la France n'était pas toujours du mauvais côté et que la sauvegarde des lieux Saints de Jérusalem, musulmans comme chrétiens, leur tenait à cœur. Il a fallu lui prouver. Et lui prouver encore et toujours.

La victoire du docteur Louis Bertier fut méritée.

L'hygiène dans ces camps est épouvantable et il doit souvent monter au créneau et se battre avec les autorités locales pour obtenir des points d'eau, du savon. Ou plus simplement assurer le ramassage des poubelles pour éviter les épidémies.

Le petit docteur est têtu et obtient souvent quelque chose. Parfois en échange d'un petit service, souvent de chirurgie esthétique. Les Libanaises n'aiment pas leurs nez. Elles demandent des nez à la française... Louis Bertier est devenu le champion de la rhinoplastie à Beyrouth... Le roi de la raboteuse nasale.

....

Le Liban a obtenu son indépendance il y a moins de dix ans, et la résistance des Palestiniens pour préserver leur petit état a le soutien du peuple libanais. Le combat du toubib pour sauver les gosses et tous les cabossés de la vie dans l'enfer du camp a beaucoup aidé pour enfin se faire accepter, voire aimer des Palestiniens et de sa désormais princesse.

Après seulement six mois, il se débrouillait un peu en arabe, devenue seule langue officielle au Liban. Sa jolie fiancée, déjà un peu moins francophobe, est toujours avare de son français et aime à répéter que la défaite du tyran Napoléon, le Nain, à Waterloo était une très bonne chose. Que ce despote avait rétabli l'esclavage en France, commis des horreurs en Egypte.

En plus d'y avoir voler un obélisque à Louxor et patati et patata.

Le vol de l'obélisque est complètement inventé mais Louis Bertier s'en fout tout aussi complètement. Comme du petit Corse, d'ailleurs, mais fait semblant de tiquer. Rien que pour voir sa Raïssa jubiler et sourire de son triomphe. Sa victoire des pyramides à elle…

….

Mathias et sa Jeanine ont été invités pour leur mariage au Liban. Son ami, ayant épousé, non pas une jeune palestinienne, mais une famille palestinienne au grand complet.

Une fête qui durera deux jours, avec tout son cérémonial hérité aussi bien de la Jordanie que de l'Egypte ou de la Syrie. Avec des robes d'une beauté incroyable cousues de perles, de fils d'or et d'argent. Les danses Dabke ou Zaffe avec les tambours qui rendent fou en faisant tourner en rond les hommes comme des bourriques sous les cris stridulants des femmes. Préludes…

Il a fallu deux jours de repos complet à Mathias pour se remettre. Les Syriens, les Palestiniens et les Libanais se donnaient le mot pour crier dans sa tête et l'empêcher de se lever. Un effet secondaire classique de leur alcool local, l'arak, à base de mout de raisin et d'anis. Cette joyeuseté titre facilement 45 petits degrés…

Il a cru mourir en terre musulmane.

Pour son ensevelissement chrétien, il pouvait être rassuré. Il existe un cimetière protestant à Beyrouth, celui situé rue de Damas est le plus ancien et est magnifiquement arboré. La nuit, à la lueur des fumerolles, il aurait pu, en évitant de se rompre les os, faire le mur et profiter de l'humour juif. Leur cimetière est juste à côté. Un humour un peu four-tout mais qui réchauffe entre deux parties d'échec.

…

En salle d'opération, l'anesthésiste, lui, surveille le rythme cardiaque et la saturation en oxygène de la fillette endormie. Il surveille aussi le décolleté de la nouvelle infirmière, qui est toutes voiles dehors. Mais il sait déjà que celle-ci ne voit que le beau chirurgien français. Râteau en vue pour l'anesthésiste. Pas encore le râteau de la méduse, mais presque. Scène de naufrage en salle d'op.

A l'entrée de la salle, sous un grand crucifix en faïence bleue, une religieuse prie. Que le supplicié soit catholique, chrétien maronite, musulman, ou juif, peu importe, la franciscaine, sous sa grande cornette blanche prie en silence, encore et toujours. Elle apporte ainsi un peu de sérénité, voire de spiritualité dans cette salle aseptisée. Louis Bertier apprécie cette aide. Il ne croit pas trop au Bon Dieu. Il sait seulement qu'il ne faut pas encombrer les églises pour croire en la prière. En réalité, il en a peur, du Bon Dieu. Comme tout le monde.

Le chirurgien est prêt, il a longuement savonné ses avant-bras et ses mains. L'infirmière lui a déjà boutonné sa blouse verte et enfilé ses gants de latex blanc. Bertier a pris soin de faire craquer les articulations de ses doigts. Elle déteste ce bruit, mais n'oserait jamais le lui dire. Elle est sûre qu'il le fait uniquement pour l'énerver, pour la mettre à l'épreuve.

Le brigadier va bientôt pouvoir assommer le plancher du petit théâtre-hôpital Saint Joseph de Beyrouth avec ses trois coups. Trois coups symbolisant, depuis la nuit des temps, la Trinité. En espérant ainsi conjurer l'Esprit Malin, avant chaque opération.

Bertier, lui, peut monter sur scène pour une représentation longue et difficile. Rideau.

....

Ce matin, en salle de réveil, Irina Bauer revient à elle tout doucement, sa respiration est calme et sa fréquence cardiaque, bien que trop élevée, est régulière.

Le chirurgien en l'auscultant, réfléchit tout haut et marmonne tout bas en se déroulant dans la tête la fin de l'opération. Tout s'est joué comme il le voulait, son infirmière a tout préparé pour confectionner un délicat pansement…

Bertier revoit dans un kaléidoscope un nombre indéfini de situations, de postures selon ce que l'on veut réellement voir. Lui, a terminé ses petites coutures et a enlevé ses gants dans un claquement sec. C'est le signal qu'attendait la franciscaine pour se lever et quitter la salle d'opération. Non sans avoir regardé la petite opérée sur la table, avec tous ses tubes dans le nez, dans le bras, dans sa tête.

C'est également lui qu'attendait le moniteur cardiaque pour biper en continu… Un long bip strident…

Une, deux, trois longues secondes pour que Bertier réagisse par un juron et vérifie les électrodes…

Relancer ce putain de cœur. Vite. Les chocs électriques. 150 watts pour commencer… Deux fois… Toujours rien…

Irina s'en va. Légère comme la fumée d'une cigarette, elle observe la scène d'en haut. Le cou du chirurgien, mal rasé, sa calvitie naissante et son col de chemise bien amidonné mais gris...   Elle voit aussi l'infirmière qui, elle, regarde Bertier. Les yeux mouillés. Elle croit qu'elle a fait une connerie et s'en veut, c'est évident. L'anesthésiste regarde l'infirmière, accusateur.

200 watts, une fois, deux fois. Irina se voit chaque fois secouée comme une feuille de papier. Lancée en l'air et retomber sur la table. Par les carreaux de la porte elle peut voir la franciscaine dans le couloir. Une longue mèche de cheveux blond est tombée de sa cornette. Elle attend, une cigarette à la main, appuyée sur le lourd radiateur en fonte. Elle regarde vers la salle d'opération et croise le regard d'Irina. Le même regard derrière les mêmes lunettes foncées... Sur le quai à Lyon, gare Part-Dieu... Avant l'arrivée du train fou venu de l'Enfer.

Irina détourne le regard, dans le plateau en inox, à côté de la chevalière de Bertier et une alliance, sa croix de Malte... « si tu la perds, tu te perdras toi-même... » lui a dit Graziella.

200 watts, une troisième fois...

Le bip-bip du moniteur redémarre. Cahotant et trébuchant au début, puis avec des pauses de plus en plus courtes.

Irina retourne à sa place. Sous les lampes. Au chaud. Elle est nue. Cela la gêne un peu de s'être vue comme cela, de là-haut. Tout le monde la regarde. Tout le monde est content. Ou presque... Bertier la couvre d'un drap... Le bip-bip est presque régulier. C'est lui qui a les yeux mouillés maintenant. Le troisième essai, à 200 watts, il n'y croyait pas du tout. Plus de deux minutes sans rythme, c'est long.

....

En se levant à quatre heures, il est venu la voir. Sa miraculée, comme il dit.

Qu'est-ce qui lui a pris hier, de vouloir partir comme cela, comme une voleuse. Il a eu la peur de sa vie.

Rater une opération, cela arrive. Pas très souvent, mais cela peut arriver même pendant une banale opération. Une hémorragie que l'on n'arrive pas à arrêter, un choc médicamenteux... Mais hier, l'opération était terminée. Terminée avec succès. Il ne comprend pas et cela l'énerve de ne pas comprendre.

Et cette croix de Malte, serrée dans la main de la fillette, quand on l'a remise, encore endormie, de la table d'opération dans son lit. Elle la serrait si fort que ses phalanges en étaient blanchies. Pourtant il est sûr de l'avoir vue sur le plateau, avec son alliance et sa chevalière, pendant l'opération. Et puis, il y a cette religieuse, qui est sortie de la salle d'opération juste à ce moment. Il ne l'avait jamais vue. Elle était si jeune et c'est toujours une vieille sœur franciscaine qui vient prier. Une ancienne qui ne serait jamais partie avant l'équipe au complet. Jamais.

Louis Bertier est trop cartésien pour se lancer dans de scabreuses théories de désincarnation, de voyages dans l'au-delà... Avec le diable en chef d'orchestre.

Mais hier, il semble que celui-ci ait perdu contre les commandeurs de l'ordre de Saint Jean de Jérusalem, les hospitaliers de Malte.

....

Ce matin, à première vue, elle ne souffre pas et ses couleurs sont bonnes. Encore quelques heures de patience pour entrevoir ou noter quelques hypothétiques résultats neurologiques. S'il y en a. Bertier voudrait y croire.

Le cortex cervical, qui s'occupe de l'articulation de la parole n'a pas été touché par l'impact et la zone de Broca, à l'arrière du lobe frontal est intact également. Aucune des lésions cérébrales ne peut expliquer la perte de la parole de l'enfant. L'amnésie et les troubles de la mémoire pour les faits survenus avant le choc sont assez classiques dans ce genre d'accident et les souvenirs reviendront sans doute petit à petit.

Mathias n'a pas expliqué grand-chose au chirurgien sur les circonstances de « l'accident », du drame vécu par la gamine. Et les explications du papa lors de l'anamnèse ne laissaient transparaitre qu'une seule chose, c'est que Sasha n'était pas son père.

Et qui est cette femme ? Une femme qui lui a téléphoné juste avant l'opération, avec une voix hachée, où il devinait un trop plein d'angoisse et la peur. Elle voulait des nouvelles de la petite. Elle pleurait, il en est sûr. Elle croyait que la petite serait passée en salle d'opération le matin. Au bruit de la circulation dans le combiné, elle appelait d'une cabine téléphonique.

Louis Bertier devine déjà que les principales séquelles de l'accident ne seront pas d'ordre physiologique mais bien pires. La perte de la parole en ferait partie et plus que probablement son amnésie. En retournant dans son bureau pour se changer, il est salué par une interne qui marche d'un pas décidé vers la salle de réveil. Il s'agit sans doute d'une nouvelle stagiaire qui vient examiner ses patients. Il faut être nouvelle pour mettre son stéthoscope bien en évidence autour du cou. Surtout avec un tablier d'infirmière. Il est fort tôt pour commencer une tournée, mais le week-end, tout est toujours un peu chamboulé.

Il hésite à lui parler de la petite opérée, pour parler un peu, ou pour faire connaissance, mais il est trop crevé et veut rentrer chez lui. Il revient tantôt, de toute façon. En reprenant sa petite

Renault 4 toute neuve, il se repasse en boucle l'opération d'hier. Il faudra trois bonnes semaines de convalescence à la fillette, avant de pouvoir rentrer en France, si on n'a pas de complications.

L'hôpital Saint-Joseph, dans la banlieue nord de Beyrouth, a remplacé l'hôpital de la Sainte-Croix, créé au lendemain de la première guerre pour les naufragés de la vie, les enfants abandonnés et les handicapés. Tenu par des Sœurs franciscaines, aujourd'hui encore, elles ont toujours à cœur de tenir le cap du fondateur, le Père Jacques.

Restauré, le bâtiment, moderne et lumineux dispose maintenant de larges couloirs où les lits se croisent sans problème pour aller d'une salle à l'autre.

Après deux jours, Nina pouvait les arpenter en chaise roulante, avec un Sasha, mal rasé, comme chauffeur. Aujourd'hui sur sa feuille de route, radios du crâne et aussi du thorax. La radiologie est au sous-sol, à côté de la morgue. Sasha y roule à tombeau ouvert. Il trouve cela drôle, mais il n'entend personne rire….

Sasha pense à samedi passé ; en revenant de la salle de réveil, un gros bouquet de roses pâles dans un vase sur la table de la chambre, avec une carte de Francine et Graziella pour Nina.

Une douce odeur de roses flottait dans les bandages de Nina et pourtant dans le vase, les fleurs ne sentaient rien, comme souvent les roses élevées et coupées pour les fleuristes.

En revenant de la salle de réveil, dépassait des draps de son lit, une jolie poupée de chiffon habillée d'une robe traditionnelle libanaise, rouge et or avec de longs rubans bleus.

….

Le Perle d'Orient devait appareiller pour le retour vers Marseille dès le lendemain de l'opération de Nina, le samedi midi, toutes les cabines sont réservées depuis longtemps déjà.

Sasha aurait sans doute espéré voir Graziella débarquer, que celle-ci aurait trouvé le temps d'embrasser la gamine avant de repartir, mais c'est vrai que la préparation des cabines n'est pas une mince affaire avec tout à nettoyer, les literies à aérer et refaire. Peut-être espérait-il que Graziella vienne lui dire au revoir à lui, il s'ennuyait déjà un peu...

Mais elle « est » avec Francine. Il déteste ce terme comme il devrait détester Francine. Pourtant il sait que Francine n'est pas à détester, loin de là. Francine a répondu présent quand Graziella en a eu besoin. C'est Graziella elle-même, qui lui a dit pendant leur promenade à Malte. C'est encore Francine qui lui a permis de se remplir de petites joies, d'amitié et d'amour quand son cœur était à l'envers. Francine ne l'a jamais forcée, obligée à l'aimer. Elles se sont aimées naturellement, sans chichis ni contraintes d'aucune sorte. Même pas un soupçon de militantisme anti-mecs, qui, dans leurs histoires à elles, aurait eu toute sa place... Non, Graziella se sentait bien dans les bras de Francine et Francine adorait avoir sa tête posée sur le ventre chaud et rond de Graziella. Les courbes de l'une s'évanouissant de plaisir dans les creux de l'autre. Le monde pouvait s'arrêter de tourner...

Sasha, lui, ne s'en fout pas.

Le monde est mal fait, mais il aurait pu être plus combatif aussi avec Graziella, ne pas faire son macho vexé et bouder comme un gamin gâté.

La bataille n'était pas perdue d'avance, il le sait maintenant. Il l'a vu dans les yeux de Graziella sur le quai à Beyrouth...

Austerlitz ne serait pas gravé dans les marbres de l'Arc de triomphe avec un Napoléon resté dans les bras de Joséphine… Ou d'une autre.

Chapitre 12

« Un gentleman, c'est quelqu'un qui sait jouer de la cornemuse et qui n'en joue pas »

Caen, ce lundi 18 juin 1962,

L'enquête sur le mort de la gare de Lisieux avance bien. L'inspecteur Rouet est content de lui en revenant de Rouen, dans sa petite dauphine toute jaune. Les empreintes digitales correspondent à celle de son « client ».

C'est un gardien de la prison de Rouen, qui lui a téléphoné. Il a reconnu le gaillard grâce au portrait-robot paru dans l'Ouest Républicain le 3 juin. Il l'a seulement ouvert, il y a deux jours, mais il est sûr de le reconnaître. Ce journal traînait ses graisses dans la cafétaria des gardiens.

Le mort est venu en vacances chez eux, il y a quatre ans environ. Il vivait encore. Il s'en souvient comme d'un « je-sais-tout, je-connais-tout » particulièrement chiant. Un râleur perpétuel sur la bouffe, les douches, le bruit, les rats. Détesté, honni par ses petits camarades d'infortune à tel point qu'il s'est retrouvé deux fois à l'infirmerie, avec une tête complètement démontée.

....

Rouet a enfin pu mettre un nom sur son macchabée, un gars assez banal, en définitive. Petit trafiquant de cigarettes qui, pour arrondir ses fins de mois, écoulait des faux billets de banque. Il s'était fait bêtement choper à la gare de Caen, en 1957, avec une liasse de billets de 5000 francs en poche. Pour payer un café crème à trente balles, ce gros billet a fait lever un sourcil ombrageux à la bergeronnette du buffet. A une heure aussi matinale, elle n'a pas le sourire facile et encore moins de monnaie dans sa caisse. Cela l'emmerde de devoir aller au guichet pour changer le billet. Le chef de gare a appelé et réveillé la maréchaussée. Le faussaire sera plus malin la prochaine fois. Dans la mesure du possible…

Ce détail a donné l'idée à l'inspecteur de mieux regarder l'imperméable du bonhomme ; des faux billets de dix et cinquante francs nouveaux sont cousus à l'arrière du vêtement, de façon très discrète. Son séjour à la maison d'arrêt de Rouen lui aura au moins appris à coudre et à écouler sa marchandise loin de Caen.

Rouet a fait de cette disparition une quasi-fixation, aussi le nom de Paul-Emile Querjean à écrire sur son étiquette à la morgue lui fait un bien fou.

Le début du fil d'Ariane à dérouler. Il pourra aller se promener dans le labyrinthe sans risquer de se perdre… Mais on est encore loin du minotaure…

Son enquête l'a ramené plusieurs fois à la gare de Lisieux, le chef de gare commençait à le connaitre et même à le trouver un peu pompant. Cette histoire de locomotive pour pousser un convoi de combustible turlupinait l'inspecteur.

Le machiniste, Guy Lesques, lui aussi, posait un problème. Il n'avait absolument pas eu l'air de vouloir tomber dans une grande dépression nerveuse après l'« accident ». Souvent les machinistes prennent ou reçoivent une semaine de congé maladie. Le brave mécanicien, lui, a continué à travailler, aussi perturbé que s'il avait écrasé un chat. Et encore. Questionné à ce sujet, il a répondu à l'inspecteur, qu'il avait vu bien pire pendant la guerre et qu'il laissait la sensiblerie aux parisiens.

Il n'en fallait pas plus pour que notre futur commissaire parisien, vexé, fouille dans le dossier du pauvre machiniste. Il l'a étalé, mis à plat et remonté cent fois comme un pâtissier ferait avec un millefeuille. Avec patience.

....

Et il y a cette panne d'un convoi de déportés au petit matin du 12 mars 1943. En rase campagne... Ce fait divers y est mentionné en caractère gras. Ce convoi est tiré par une Pacific 231 avec Guy Lesques, comme mécanicien. Donc, Guy Lesques connaissait les Pacific. En poursuivant ses investigations, l'inspecteur lit aussi, qu'il était instructeur sur ce type machine avant-guerre. Un instructeur très apprécié qui aurait dû avancer en poste si cette panne stupide et contrariante n'avait pas eu lieu. Donc Guy Lesques connait très bien la Pacific 231...

Au lieu de cela, il a été mis à pied. Les occupants ne voulaient plus de lui comme chauffeur. Ils faisaient maintenant venir des mécaniciens allemands pour conduire les convois qu'ils jugeaient sensibles. Les convois de permissionnaires allemands sont d'ailleurs souvent « complétés » par quelques dizaines d'otages... Au cas où... A la fin des hostilités, quand il a pu réintégrer la SNCF, il s'est vu rétrogradé comme simple trieur sur des Pershing, vieilles locomotives complètement pourries. Juste bonnes à pousser des convois marchandises.

Guy Lesques a dû très mal le prendre.

Le deuxième point, qui tracassait Rouet est justement cette fameuse locomotive Pershing. Ce matin du 12 mai, sur le calendrier de l'atelier, elle n'était pas à l'entretien comme l'a dit, dans un premier temps, le chauffeur. Aujourd'hui, Il admet, du bout des dents, s'être trompé de jour, mais que cela n'a aucune importance.

Aucune importance, sauf si on tient compte des temps de mise en chauffe des locomotives. La Pershing est, de loin, plus rapide à mettre en pression que la Pacific et comme, d'après le chauffeur, il ne fallait pas traîner pour bouger les wagons citernes, cela peut se poser comme une question épineuse pour l'inspecteur fourre-son-nez-partout. Pour être un gros curieux, l'inspecteur en est un, il a presque étudié par cœur le manuel de conduite des deux locomotives à vapeur. Le chef de gare ne peut plus le supporter avec ses questions à deux balles, comme pour savoir si d'ordinaire on tirait les convois ou si on les poussait, ou encore plus idiot, si la locomotive est d'ordinaire en marche avant, ou en marche arrière pour tirer les wagons. Il faut venir de Paris pour poser ce genre de questions, ce n'est pas possible autrement.

Maintenant, quand on le voit arriver, on l'appelle PPF, petite pluie fine. Aussi chiant. Rouet n'écarte aucune hypothèse pour élucider le psychodrame du 12 mai. Il ne croit pas du tout à l'accident, encore moins au suicide.

Paul-Emile Querjean et son historique de vie est l'os suivant qu'il va ronger.

Pourquoi quelqu'un en voudrait à ce pauvre type. Ce n'est pas un épicier floué d'un beau billet de dix ou cinquante francs, même nouveaux, qui penserait à dézinguer son faux monnayeur, ou alors un épicier très rancunier. Il en existe. Rouet va se pencher sur le parcours de son nouveau client.

Avec l'application d'un moine copiste. Il sait que certaines rancœurs sont tenaces et peuvent traverser les années, sans en altérer, ni l'amertume, ni la rugosité et encore moins le désir de régler l'ardoise.

Les Comanches et les Sioux ne disent-t-ils pas que celui qui se venge dans les dix ans a agi dans la précipitation. Quelques dizaines de scalps de soldats américains du sixième régiment des volontaires du Minnesota, trop zélés dans l'abattage des « sauvages », peuvent en témoigner. Bien des années après les guerres Indiennes. Ils sèchent, aujourd'hui, sur les selles des petits mustangs, dans les larges et herbeuses plaines du Nevada. Cheveux au vent. Les premiers Hippies, bien avant Woodstock.

....

Il a fallu à l'inspecteur détricoter quelques mailles de l'histoire de France, Histoire avec un tout petit H, pour peut-être tenir un ou des mobiles d'un possible crime. De ce qu'il comprend, les années quarante ont été pour Querjean des années de plénitude et de bonheur confus. Le début de l'occupation offre au brillant jeune homme la possibilité de donner la pleine mesure de ses ambitions.

Querjean devient vite une « personnalité » au sein du « Groupe Collaboration », très actif dans le Calvados. Du déboulonnage de statues Caennaises, rue Pasteur, à la surveillance des socialistes ou autres communistes. C'est un proche, un ami du chef de la sûreté à Caen. Chez monsieur Chate, il a ses marques, ses habitudes, sa tasse de café. Il ne manque aucune réunion, d'après les comptes-rendus transcrits dans un carnet, retrouvés à la libération dans l'ancienne maison du peuple, rue Saint Pierre. A la mi-septembre 1942, il fut même reçu avec quelques comparses par le nouveau préfet du Calvados, Michel Cacaud, qui lui aussi est très largement acquis aux pétainistes. Une coupure du « Journal de Normandie » avec une photo du groupe de ces joyeux lurons fait sa fierté.

La consécration est enfin là, à portée de venin.

Avec la création de la milice en mai 1943 à Rouen, Querjean se mit à rêver d'une possible nomination comme chef de brigade à Caen.Il tient enfin son bâton de maréchal. Il est au sommet de sa puissance, de sa morgue, de son arrogance.

L'inspecteur Rouet apprit ainsi qu'il a été reconnu pour avoir participé aux rafles de juifs à Caen, en octobre 1943, déjà sous un pseudo uniforme d'une milice non encore officielle à Caen.

Il devrait peut-être gratter là- dessous pour son enquête.

.....

Comme son patronyme ne le dit pas, la famille Rouet a beaucoup de sang juif. Heureusement, dans les années trente, son père travaille en Espagne pour un groupe pétrolier français. Lui-même est né à Barcelone, à deux pas de la Basilique du fantasque Gaudy, la Sagrada Familia.

Il se plait à dire qu'il y aurait reçu le sacrement du baptême. Pour ne pas révéler sa judaïté. Pieu mais stupide mensonge, cette basilique n'est pas encore consacrée en 1932, loin de là, et de plus, à Barcelone tout le monde ou presque, s'en contre-fout qu'il soit circoncis. En 1937, à Barcelone, il est plus dangereux d'être républicain communiste que juif. Bizarrement, pendant la guerre, les juifs d'Espagne ne sont pas trop inquiétés, malgré les diatribes de ses dirigeants contre la juiverie. L'Espagne de Franco a grandement facilité le sauvetage de quelque trente-mille juifs Séfarades ou français menacés des camps d'extermination. Même s'il a existé des fichiers juifs, comme en France, Il n'a jamais été imposé de porter l'étoile jaune sur les plages de la Costa Brava, mais la discrétion sur ses origines judaïques reste de mise.

....

Cette discrétion ne l'a jamais quittée, surtout dans cette grande maison d'intolérance qu'est maintenant la Police Nationale Française. Seul bordel en France, non visé par la loi Marthe Richard de 1946…

La République est en marche. Calmement. Encore toute fripée…

….

L'inspecteur Rouet est allé aux Asnettes, au domicile de madame Querjean pour lui annoncer son récent veuvage, et lui demander pourquoi elle n'a jamais signalé la disparition de son mari à la police.

Arrivé sur place, la maison est vide. Une voisine témoigne, acariâtre et peu amène. Les occupants ont disparu depuis trois ou quatre semaines.

L'épouse travaille ou travaillait dans une fromagerie, rue des Gaules, elle n'y a pas remis les pieds depuis. La gamine du couple n'est plus retournée à l'école non plus. Son instituteur est venu deux fois s'en inquiéter, mais il n'y a plus aucune trace d'elle non plus.

L'inspecteur, revenu le lendemain, avec un serrurier, s'attend au pire scénario en entrant dans la maison des Querjean. Mais non, aucune trace de violence dans l'habitation. Dans la cuisine, pas de vaisselle dans l'évier, seule une bouteille de vin traîne sur la table. A l'étage, dans la garde-robe de la chambre, les vêtements de madame sont là, deux robes d'un autre âge et des chaussures. Les costumes du défunt s'accrochent d'ennui aux cintres. Ils sentent la grisaille, la nausée.

Au grenier, la chambre de la fille du couple. Le lit n'a pas de draps, les cahiers d'écriture sont bien rangés sur la table. Le cartable boude dans un coin. Avec son Leica, il prend quelques photos, pour en garder « l'atmosphère ».

Il descend dans la cave, avec précaution, l'escalier en béton est raide, un froid humide lui parcourt l'échine et il sent de mauvaises ondes dans ce sous-sol. Le couloir de sept ou huit mètres, abouti sur deux portes, la première est fermée avec une chaîne et un cadenas.

Du moins, il la croyait fermée mais la chaîne n'est pas engagée dans le crochet du cadenas. L'interrupteur de la lampe est hors de la pièce. La lumière est blafarde et fait de son mieux pour éclairer une vieille armoire un peu pourrie, quelques bouteilles et boites vides.

Une bouteille cassée par terre, cela sent encore la vinasse. Ses mauvaises ondes ne le quittent plus, il ne déteste pas ce malaise, c'est son adrénaline à lui. Il a l'impression de frôler une présence, une personne ou un animal. Son cœur bat un peu plus vite. Après trois clichés de la cavette, il ne reste plus grand-chose des douze vues de son Leica.

Ce ne sont pas des caves, mais les pièces de fortins allemands alignés sur la côte, les fenêtres en sont les meurtrières pour positionner des pièces d'artillerie. Il reste des bouts de tiges filetées rouillées qui dépassent du sol et qui servaient à les fixer.

L'équipe d'Hercule Poirot remonte à l'étage. Rouet sort dans le jardin. Face à la mer, il respire. Un petit drap reste pincé sur les fils tendus entre la cuisine et un poteau, près d'un gros tonneau Caltex.

….

En entendant le drap claquer au vent, il pense à sa cabane dans le fond du jardin de la Carrer de Huelva, au fond du parc Sant Marti à Barcelone. Cachée dans un vieux micocoulier, il grimpait une corde à nœuds pour accéder aux premières branches

Son père a bricolé un mat de fortune et sa maman lui a peint sur un vieux drap les insignes d'un drapeau pirate, le fameux Jolly Roger. De sa vigie, bientôt, il n'entend plus les rires et les cris des autres enfants dans le parc Sant Marti. Il longe les côtes de Barcelone avec sa caravelle, le Royal Louis. Il attend le galion espagnol au ventre plein d'or et d'épices.

....

Quand il ouvre les yeux, le capitaine des pirates a accosté en Normandie. La présence est toujours là, presque palpable. Sur un poteau de la palissade, délavée par les sels marins, et à distance respectable, un chat beige et roux l'observe, les yeux mi-clos pour se protéger du soleil. Rouet voudrait lui demander ce qu'il pense de tout cela....

Devant le filet de dorade préparé par sa mère, l'inspecteur Rouet pense encore et toujours à cette visite domiciliaire. Il devra y retourner seul, il ne sait pas réfléchir avec un tas de gens qui tournent autour de lui.

Rouet a toujours été un séquentiel, un procédurier, ses enquêtes sont comme les phrases ; il lui faut sujet, verbe et complément. Il lui manque des informations et il est certain d'être passé à côté d'indices sérieux aux Asnettes,

La femme de Querjean serait partie, mais depuis combien de temps ? Leur fille, elle, serait restée à la maison, toutes ses affaires d'école sont sur la table et ses rares vêtements rangés dans la petite commode. Où est-elle aujourd'hui ? Et cette cavette, avec ce cadenas sur la porte ? Beaucoup trop de questions sans réponse, sans logique. Sans pouvoir croiser les moindres renseignements intéressants.

Il se contente donc de croiser le fer avec son filet de poisson. Ennemi maintenant refroidi, mais toujours aussi rempli d'arêtes meurtrières, qui n'attendent qu'un signal, un geste pour l'étrangler ou l'étouffer avec sauvagerie.

Le petit vin blanc, par-contre, est délicieux, il a bien choisi. Un petit Pouilly pas désagréable du tout. Il retournera aux Asnettes demain soir, à la fin de son service à la brigade.

Il n'a jamais osé dire à sa mère qu'il n'aimait pas le poisson. Qu'il n'a jamais aimé le poisson. Comme lui-même. Il ne s'aime plus trop en fait, dans ces oripeaux de justicier à la noix. Ce costume n'est pas taillé pour lui. Il n'oserait jamais le dire à sa mère non plus. Son père lui avait dit de ne pas rentrer là-dedans... Qu'il aurait dû être prof, ou un truc comme çà...

Chapitre 13

« Sans l'ennemi, la guerre est ridicule… »

Pierre Desproges

Monoblet, ce 22 août 1962,

Dix heures ont sonné à la cloche du village là-haut, et le soleil est maintenant loin derrière les collines. Les chiens du chenil ont jappé une bonne demi-heure, avant que l'on ne vienne les nourrir. Une horloge ce chenil, le matin et le soir à la même heure, ils donnent. Ils sont une bonne vingtaine à aboyer. Une meute de Bleu de Gascogne, élevés pour la chasse. Sans doute très gentils, mais bruyants.

Irina a fermé la fenêtre avant, elle ne supporte pas les aboiements des chiens. Comme tous les bruits d'ailleurs. Elle dévore un bouquin du « club des cinq ». Dans l'histoire, il y a un chien, Dagobert, un affreux griffon, qu'elle trouve sympa et qui lui, peut aboyer. Elle est presque arrivée avec lui au sommet de la tour d'où viennent les signaux lumineux quand Graziella lui rappelle de monter au lit. Elle ronchonne un peu, aurait voulu savoir le fin mot avec ces signaux lumineux sur la falaise, mais cela fait deux fois que Graziella lui demande de monter dans sa chambre.

Les cheveux de Nina repoussent, ils font trois bons centimètres et cachent bien les cicatrices. Sasha lui a dit que l'on pourra bientôt lui faire une tresse. Ainsi il aura deux tresses à la maison ; une noire pour Graziella et une mi-blonde ou mi-rousse pour leur Nina.

La venue de Graziella à Monoblet s'est fait comme si c'était la chose la plus naturelle du monde. Avec son arrivée, l'ancienne bergerie s'est mise à l'heure sicilio-marseillaise et à la cuisine au Pecorino.

....

A Beyrouth, il y a deux mois, Sasha a retrouvé, l'espace d'une audace, la gagne du tankiste roulant sur le front de l'Est et s'est enfermé dans sa petite chambre d'hôtel. Il a cherché une dernière fois de la Pervitine dans ses poches, mais n'en a pas trouvé. Tant pis. Une bouteille de Sauvignon blanc élevé dans les plaines de la Bekaa fera l'affaire.

Armé d'un gros bloc de feuilles à carreaux et de son stylo Mont-Blanc acheté pour l'occasion, il lui a écrit. Il lui a même écrit plusieurs fois, les trente premières lettres ont été postées, poubelle restante. En boules rageuses. Irina se levait et les remettait méthodiquement dans la corbeille quand il ratait son improbable panier.

« Graziella,

Comme promis, je te donne des nouvelles de ta Nina. L'opération, comme tu le sais, s'est bien déroulée, le docteur Bertier est très content des résultats. Rien de trop grave n'a été touché dans l'accident et elle devrait retrouver l'usage de la parole prochainement.

Elle a pu sortir hier après-midi et nous sommes allés sur le port tous les trois. Tous les trois vu qu'elle ne quitte plus sa poupée libanaise, qui est tombée dans son lit, on ne sait pas comment.

Sur les marchés, Irina m'a montré une longue robe brodée de jolis motifs de couleurs. Elle était folle de joie en l'essayant. Elle ne m'a rien coûté ou presque. Elle ne veut plus mettre autre chose, maintenant, que cette djellaba. Je suis sorti du

Souk avec une petite libanaise ornée d'un turban. Bandage qu'elle cache sous la capuche.

Pour le toubib, elle a probablement eu un très gros choc émotionnel avec « l'accident ». Cela je le savais. Il m'a parlé d'un temps de « reconstruction ». Ce qui semble normal, vu ce qu'elle a subi et le temps que j'ai mis pour la faire revenir à elle. Je suis déjà très heureux de ce qu'elle a pu récupérer.

Un grand merci pour le bouquet de roses. Je crois savoir que c'est toi-même qui les as apportées à la clinique. Tu étais, m'a-t-on dit, avec un tablier d'infirmière trop long et un stéthoscope autour du cou. C'est une infirmière de nuit qui l'a raconté à sa collègue. Elle l'a vu parce que tu as piqué son tablier à elle, pour faire ta visite matinale, très matinale, à ma Nina.

Tu aurais passé plus d'une heure, à lui caresser la tête, et tu t'es beaucoup mouchée en reniflant qu'elle a dit...

Ton mascara devait être dans un bel état pour rejoindre le « Perle d'Orient ». Si tu avais eu le temps d'en mettre ce matin-là... Autre grand mystère, l'infirmière a trouvé cette fameuse poupée cachée sous le drap de la petite en la ramenant de la salle de réveil. Une trop jolie poupée. Tu comprends cela ???

Pour le retour à Marseille, Nina peut prendre l'avion, il n'y a plus aucun risque, l'avion dispose de quatre couchettes avec de l'oxygène en cas de problème. Je lui en ai réservé une. Nous serons à Marseille, le mardi, 24 juillet vers 16 heures, si tu veux venir lui dire bonjour. Cela lui fera vraiment plaisir. A moi aussi, bien sûr...mais je ne vais pas t'embêter avec les états d'âme d'un vieux légionnaire. Même si celui-ci pense un peu trop à toi.

En espérant que ce vieux DC4 ne tombe pas dans la flotte au décollage, ou dans l'étang de Berre à l'atterrissage à Marignane. J'ai toujours eu peur de ces engins.

Signé ; Ta Nina et Sasha

Missive adressée à la capitainerie du port de Marseille avec la simple mention de Graziella Rossini, sur le « Perle d'Orient », avec la même foi et la même désespérance qu'un gamin jetant une bouteille à la mer.

....

Ce samedi a, en effet, été difficile pour Graziella.

Ce matin du 30 juin, il est cinq heures quand elle descend le plus discrètement possible du bateau. Le soleil pointe son nez, il va bientôt inonder les quais de sa blancheur matinale. Aucun taxi à la station. Les ferrys venant de Chypre n'arrivent pas avant les neuf heures.

Elle a dû galoper jusqu'au quartier de Bouchara, bien après le grand souk, pour en trouver un de disponible. Et trop gentil en plus, comme toujours les Libanais. Elle partait du mauvais côté et cela l'a fait rigoler gentiment. Le quartier de Dora est à l'opposé, mais avec les grands boulevards, on y sera vite, surtout un samedi matin.

Devant la clinique, un fleuriste arrange déjà sa boutique pour l'ouverture, Graziella lui achète le plus gros bouquet de roses pâles, qu'il a déjà préparé dans un seau d'eau. Et sa plus belle poupée. Elle garde la poupée sur elle, et demande au fleuriste de porter les fleurs plus tard. Au nom d'Irina Bauer. Le taximan lui a promis d'être de retour devant l'hôpital à sept heures.

....

A une heure aussi matinale, on doit rentrer par les urgences, sur le côté du bâtiment, où se serrent les ambulances du

Croissant Rouge. La grande porte est encore fermée. Au guichet des urgences, un ambulancier somnole sur son bureau. La nuit a été calme.

Elle continue comme une habituée des lieux et se dirige vers les ascenseurs. Dans le couloir de l'entrée, coup d'oeil rapide des services affichés sur les tableaux. Traumatologie Chirurgie est au deuxième, elle y sera plus vite par les escaliers et plus discrètement.

Dans le service chirurgie, le bureau des infirmières est désert, celles-ci font les toilettes du matin. Elle prend un tablier au hasard et un stéthoscope qui traîne sur le bureau et se dirige vers la salle de réveil, indiquée au fond du couloir. Ainsi équipée, elle se croit discrète, invisible.

....

Elle a de la chance, sa Nina chérie est là, blanche et minuscule. Perdue dans le fond d'un lit en tubes jaunes, la tête endiablée dans de gros pansements, avec un filet de fines mailles. Elle dort encore, mais entrouvre un œil de temps en temps. Elle a reconnu Graziella, un sourire grand comme l'Everest éclaire son visage. Elle tremble de tous ses membres.

Graziella la rassure et la couvre de baisers, en italien comme d'habitude. Et la petite se calme comme toujours avec une petite larmichette dans la paupière, la main chaude de Graziella dans la sienne.

Une infirmière est entrée comme un coup de vent, furieuse, dans la salle de réveil. D'une voix un peu aigue et trop haute, elle demande si tout va bien, si elle ne dérange pas... D'un air un peu pincé.

Graziella met vite son stéthoscope dans ses oreilles et assure que tout est sous contrôle, qu'elle doit juste encore prendre quelques paramètres.

L'infirmière ressort de la salle, un peu calmée, rassurée et souriante. Pas dupe non plus. Elle n'a jamais vu un médecin, même stagiaire, ausculter un pansement avec un stéthoscope, mais à voir les yeux de la petite patiente, elle n'a pas eu le cœur de faire un esclandre et de foutre la visiteuse à la porte. La petite devait vraiment adorer la doctoresse au stéthoscope. Celle-ci avait trouvé le moyen de contourner les horaires de visite. Point. C'est elle qui, plus tard, mettra le bouquet de roses dans un vase et le disposera dans ce qui sera la chambre de la petite.

…..

Sur le bateau, Francine a tout préparé pour le départ. Quand Graziella rentre, barbouillée de Rimmel et de larmes, un petit déjeuner somptueux l'attend dans leur cabine, avec croissants encore chauds, chocolat et jus d'orange pressé. Francine n'a rien dit, lui a simplement donner un doux baiser dans le cou avant de lui frotter le dos gentiment pour la rassurer, lui faire comprendre qu'elle ne lui en veut pas, qu'elle sera toujours son amie, sa confidente et si elle veut, bien sûr, encore son amante.

Francine la guerrière a un cœur de Valentine et elle aime trop Graziella pour lui faire la bruyante comédie de la dernière Cène… Avec ou sans Judas… Elle sait pourtant que sa chérie va bientôt la crucifier. Et elle en crève déjà de mal…

….

Aéroport de Beyrouth, 24 juillet 1962

Ce mardi, il n'est pas encore six heures quand la passerelle métallique vient se coller sur le flanc argenté de l'avion. Un magnifique DC4 avec ses quatre grosses hélices qui tournent déjà, sans trop de bruit, quatre gros ventilateurs Pratt and Whitney. Accrochés là pour décoiffer les élégantes qui, talons hauts et bas de soie, montent la passerelle en tenant leurs chapeaux. Publicité Air France. L'appareil tout entier ronronne de plaisir, se réveille paresseusement. Les hélices soufflent doucement la rosée, qui perle sur sa carlingue. Le soleil pointe sa langue pour l'aider à se sécher.

Arrivée en haut de la passerelle, à l'avant de l'appareil, Nina peut découvrir le poste de pilotage avec son pilote et son co-pilote assis devant un tas de cadrans et d'aiguilles. Tous les deux en costume d'officier. Beaux comme des dieux descendant l'Olympe. Le steward lui a dit que tantôt, si elle voulait, elle pourrait venir leur dire un petit bonjour.

Dans la cabine, il n'y a qu'une vingtaine de double- sièges recouverts de cuir noir, et quatre couchettes à l'avant. Une des couchettes lui est réservée, mais elle préfère le siège et s'installe près du hublot, pour voir les hélices tourner. Elle trouve l'aventure plus que rigolote. Sasha, lui trouve cela moins drôle.

Il déteste prendre l'avion et pour cause. Quand il était en opération en Algérie, les Fellaghas de l'ALN prenaient un malin plaisir à leur tirer dessus. Les DC3 de l'époque volent assez bas et ne dépassent pas les trois cents kilomètre-heure. Le coucou dans lequel ils sont maintenant installés vole bien plus vite et à plus de six mille mètres d'altitude. Et surtout, dans cette région, personne ne pense encore à leur tirer dessus. Bêtement.

Ironie de l'histoire, le DC4 C54 dans lequel ils sont confortablement installés devait être livré avec neuf autres appareils à Air Alger par la France. Accords d'Evian obligent. Celui-ci a finalement été acheté par un riche homme d'affaires libanais et est basé à Marseille. Il va pouvoir effectuer également des rapatriements sanitaires. Les Libanais sont les banquiers suisses du Proche Orient et le Liban merveilleuse et prometteuse terre de tourisme. Air France l'a compris et a déjà ouvert un vol régulier vers Beyrouth depuis plus de cinq ans au départ du Bourget...

Irina,

A bord, Jerry, le steward, vient régulièrement prendre de mes nouvelles et m'a même apporté un carambar sur un petit plateau. Sasha, lui, a demandé un double whisky, sans glace. Il est encore blanc à cause du décollage. Persuadé que l'appareil ne parviendrait jamais à dessouder ses roues de ce foutu tarmac...

Jerry lui explique qu'il n'y a pas de whisky à bord mais de l'Arack. Un alcool libanais à base de raisin et d'anis. Bien meilleur que le whisky ou le cognac mais que l'on sert sec uniquement avec le mezzé. Autrement il se coupe d'une moitié d'eau. Comme le pastis. Sasha a quand même voulu un double sec. Il a reçu un double sec. Et il a dormi comme une double souche, la bouche ouverte la moitié du trajet. Il a fallu un atterrissage un peu rude à l'escale technique d'Athènes pour le réveiller.

Moi, j'ai survolé la moitié de la méditerranée dans le poste de pilotage, calée sur le siège du co-pilote avec un coussin sous les fesses pour voir quelque chose, ou debout entre les deux sièges. Dans la carlingue, le co-pilote cherchait une hôtesse de l'air. Mais c'est Jerry qui est de service. Il est déçu. Quand il n'y avait pas trop de nuages, le commandant me montre chaque ville survolée, avec les fleuves et les montagnes. Un vrai prof de géo pour moi toute seule...

Le poste de pilotage, avec tous les cadrans, les petites lampes vertes ou rouges qui s'allument et les deux gros demi-volants face aux sièges me donnent l'impression d'être dans un autre monde. Un monde qui tourne autour de la terre, lentement, doucement, dans le ronflement assourdi des moteurs. Mon imagination se réveille. Des images remontent dans ma tête. Je ne sais pas d'où elles viennent, ni pourquoi, mystérieuses comme les petites bulles dans le verre d'Asti que Graziella me servait, en cachette, sur le bateau.

Dans ces bulles, je vois des yeux qui me sourient, des yeux très doux de couleur claire, bleu ou vert, je ne sais plus. Ou les deux. Un tonneau rempli d'eau avec des cris, des gifles. Je hurle avant d'avoir la tête enfoncée dans l'eau. Je ferme les yeux. Je suis maintenant dans une baignoire avec une amie, les cheveux pleins de savon. On joue, on rit, on s'éclabousse, il y a de la mousse partout. On fait les folles.

Des trous d'air m'obligent à m'accroupir, à tenir le siège d'une main, puis à regagner ma place à côté de Sasha qui dort de nouveau. Et qui ne se doute de rien. Je lui attache la ceinture. Il ronfle... Tant mieux, comme cela il ne me voit pas avec mes yeux tout rouges...

Je crois pouvoir mettre un nom sur les beaux yeux clairs, Louise. Ma Louise... Mes yeux débordent... J'essaye de cacher mes larmes en regardant par le hublot... Mais trop tard... Jerry m'apporte un Coca, avec une paille et... un mouchoir... Je crois que Jerry est un peu amoureux de moi...

....

Pour me faire découvrir la Corse, le pilote, après un appel en italien à la tour de contrôle de Gênes, n'a pas hésité à faire descendre l'avion en dessous des nuages, pour que je ne rate rien des paysages. C'est trop beau, mais je m'endors...

....

Je n'irai plus à la chasse aux souvenirs aujourd'hui. Je veux dormir un peu et j'ai mal à la tête.

Je ne sais toujours pas qui je suis. Et je ne sais toujours pas qui est Sasha dans ma vie. Mais je sais que sans lui, dans la vie, je n'y serais plus. Il a bien mérité que je l'appelle papa et puis, il est si beau. Encore plus beau que le commandant de l'avion. Même avec sa bouche grande ouverte qui lui donne un air un peu bête...

Marseille,

Après dix heures de vol, et son escale technique à Athènes, enfin le tarmac de Marseille.

Irina a voulu donner la bise aux pilotes et surtout à Jerry avant de descendre. Les pistes sont inondées de soleil. Dans la grande salle de la belle et nouvelle aérogare de Marignane, Nina a reconnu Graziella à plus de mille mètres.

Un seul cri a envahi tout le hall, pour rebondir sur la verrière, frapper les guichets, heurter les piliers de béton et arriver enfin dans les oreilles de Sasha **« là, regarde… ».**

Elle a lâché sa main pour courir comme une folle, passant les contrôles de gendarmerie sans même s'arrêter, son gros pansement sur la tête et sa djellaba blanche. Sa poupée de chiffon désarticulée forme une tache multicolore en volant dans tous les sens…

Elles sont restées soudées l'une à l'autre, deux silhouettes hors du temps, hors de l'espace que le mime Marceau aurait placé là, en un clin d'œil, dans cette immense aérogare, pour une de ses Mimo-pièces.

La tête enturbannée de blanc de Nina dans les boucles noires de Graziella. Chorégraphie immobile, sans un bruit. Allégorie fantastique du spectacle « Paris qui rit, Paris qui pleure ». Aujourd'hui, Mime Marceau l'aurait peut-être intitulée « Marseille qui rit, Marseille qui pleure. ».

De fait, et il a mille fois raison, la parole n'est pas nécessaire pour s'exprimer.

Quand elles parviennent, enfin, à se séparer, le bagagiste légionnaire est là, à attendre en riant, avec son gros sac de toile sur l'épaule.

« Quelle bonne surprise, mademoiselle, je vous présente ma fille, Nina... ». Et il a déjà empoigné l'énorme bagage de Graziella.

« J'ai appris que vous auriez besoin d'une infirmière quelques temps...Je rentre justement d'un stage au Liban, je sais mettre des pansements, préparer les pâtes à la carbonara et faire aussi plein d'autres choses... Plus amusantes encore. ».

Seulement alors, ils se sont embrassés comme deux sauvages qu'ils sont redevenus, en se fichant pas mal du regard torve et jaloux des autres voyageurs.

Brassens parlera d'un regard oblique.

....

« Là, regarde... » Sasha n'a pas rêvé, il a bien entendu sa Nina le crier, le hurler. Il se penche sur la fillette pour lui faire un gros bisou, pour l'entendre à nouveau, mais la Nina de Graziella est de nouveau dans sa forteresse de silence. Sasha sait maintenant que cette forteresse va s'écrouler. Avec Graziella et lui comme sonneurs de trompettes devant les murailles de Jéricho. Il sait aussi qu'il leur faudra plus que sept jours pour les faire tomber. Nina n'est pas Jéricho.

Ils se sont alors dirigés vers la sortie du terminal. Discrètement, il s'est essuyé la paupière du trop plein d'émotion avec son doigt. Graziella le regarde en souriant, lui prend sa main dans la sienne, énorme et rêche comme l'écorce de chêne vert. Il va lui falloir beaucoup de crème d'argan pour les adoucir, pour oublier les douces mains de Francine...

A ce moment-là, elle a l'impression d'être Messaline, la « Putain Impériale ». La Trahison Impériale. Mais depuis deux mois, elle avait trop envie de lui, de ses lèvres, de ses mains, de sa force. Elle a cru devenir folle en lisant sa lettre.

Alors, aujourd'hui, elle s'en fout d'être la « Putain Impériale » et elle compte bien profiter de son César. Elle ne le lâchera plus, cet idiot. Plus jamais. Elle a trop pleuré à Beyrouth. Elle croyait l'avoir perdu…

….

André Maillan les attend devant l'aérogare avec la 2 CH de Sasha. Celui-ci n'est pas mécontent de retrouver le siège défoncé de sa vieille Titine. Il l'avait trouvée à l'état d'épave dans un garage à Durfort, sur la nationale. Pauvre voiture d'un vigneron, qui n'hésitait pas à crapahuter moutons et chèvres à travers champs avec cette malheureuse…

Il a mis plus de deux mois pour la remettre en état. Pas un boulon, pas une pièce du moteur qui n'ait été démonté, vérifié ou remplacé et finalement remonté. Sasha l'a repeinte au pistolet, en gris argent, la couleur officielle de Mercedes pour ces flèches d'argent. Il reste un peu « made in Germany » pour ces trucs-là.

Irina est subjuguée et monte à l'arrière avec Graziella et Charlotte, la fille d'André. Tous les bagages ont trouvé leurs places, mais le retour va être long. Chargée comme un dromadaire, la Titine ne voudra jamais dépasser les quatre-vingts sur le plat, loin des deux-cent vingt de la mythique 300 SLR de chez Mercedes.

Et entre Marseille et Monoblet, il n'y a pas que des belles routes sans côtes et sans tournants. Il faut trouver une station d'essence et vérifier le niveau d'huile, sa flèche d'argent a encore trois cents kilomètres à faire pour retrouver son écurie et elle a soif de son litre d'huile multigrade bien fraîche tous les deux cents kilomètres.

….

André Maillan est venu à l'aéroport de Marignane avec sa Charlotte de dix ans et ne s'attendait vraiment pas à embarquer tout ce monde pour le retour sur Monoblet. Les trois femmes à l'arrière se serrent et sont un peu chahutées. Nina est vite montée sur les genoux de Graziella pour éviter la barre du milieu de la banquette, qui lui pourrit les fesses et aussi pour se faire cocoler par Graziella. Sa tête dans les parfums de son cou. Mais elle a deviné que maintenant elle devra se partager les cocoles avec le géant qui conduit l'auto.

Charlotte les regarde l'une et l'autre, essayant de comprendre leur présence. Son papa lui a vaguement dit que son ami allait récupérer sa fille, opérée après un accident, mais pour Graziella c'est la surprise.

Les deux petites vitres de devant sont relevées et pourtant il fait chaud à mourir et à chaque nid de poule, au moindre caillou sur la route, la vitre se rabat sur le coude de Sasha. Ce qui le fait jurer. En allemand, bien sûr. Mais maintenant, Irina s'en fout, elle n'a plus peur quand il jure. Elle prend un petit sourire exaspéré en levant les yeux au ciel. C'est tout. Dans le rétroviseur, le géant ne quitte pas son italienne des yeux. Il la mangerait. Cela rassure Irina. Le géant lui laissera peut-être un peu d'air pour elle toute seule. Maintenant…

A Aix-en-Provence, ils décapotent enfin la voiture. Les voilà roulant en coupé cabriolet vers les cévennes. Avec une voix de ténor, André Maillan attaque un langoureux « Ciao ciao bambina » de Dalida, vite suivie par Graziella avec « Gitane ». A eux deux, tout le répertoire de Dalida et Tino Rossi y est passé ou presque. Avec eux, plus besoin de crayons de couleurs pour mettre du soleil dans les yeux de la Nina.

Chapitre 14

« La police et les Jésuites ont cette vertu de ne jamais abandonner ni leurs ennemis ni leurs amis »

Honoré de Balzac

Caen, mardi 28 août 1962,

Cet après-midi, des gros nuages tout gris de désespérance se sont essorés sur Caen. Quatorze heures et il faut allumer les néons tellement le ciel est noir. Rouet est seul dans le bureau. Ses collègues ont pris leurs congés et il est tranquille. Il a étalé son dossier Querjean sur la table. Comme un turfiste étalerait ses journaux de pronostics sur la table d'un bistrot. Avec la même gourmandise dans le regard.

.....

Sa deuxième visite aux Asnettes ne l'a pas déçu, sitôt arrivé, un chat roux lui est passé dans les jambes, pour se réfugier dans la maison, jeter un œil à sa gamelle et, dépité, ressortir aussi vite. Donc, c'est le chat des Querjean. En voilà un de plus de localisé. On avance.

La voisine lui a donné l'adresse de la collègue de Sonia Querjean, Louise. Une vague cousine à elle, du côté de sa mère. En Normandie, ils sont tous cousins… Et très bavards… Louise aurait des dons. Elle serait, entre autres, une « coupeuse de feu ». Elle pose les mains sur une brûlure et ça passe, la douleur s'éteint d'elle-même. La voisine est déjà allée chez elle. Louise tiendrait ce don de leur grand-mère.

Même les « grands docteurs » de l'hôpital de Fécamp lui envoient parfois des gens à soigner.

Il n'y a que les curés et les évêques qui ne veulent pas y aller. Sorcellerie, qu'ils disent. Cela tombe bien, Louise ne les supporte pas.

Une gentille fille, cette Louise, mais un peu à l'ouest, bizarre, précise la voisine. Et si belle avant l'accident… Pour ce qui est de la gamine des Querjean, la petite Irina, elle allait souvent chez Louise. Parfois plusieurs jours. Louise Alvarez habite sur la route de Caen. Près de l'église Saint Serge, l'église avec une drôle de croix et un toit rond et vert, a-t-elle encore dit.

Les Querjean, la voisine ne les aime pas. Pire, elle les déteste. Ce sont des fiers. Encore des « biesses de horsains » qui nous viennent de Paris. Et qui regardent les « d'gins » de haut, « A leur place, je ne la ramènerais pas. Enfin, c'est leurs affaires... Nous on s'en fout, mais c'est pour la petite ; elle est si gentille. Tomber dans une famille pareille. On l'entendait bien le matin quand elle se faisait corriger par son père, parce qu'elle pissait au lit. Un vrai cinglé. Un « chervet moué ». Comment on peut taper une gosse comme ça… Cui-là on le regrettera pas. Si seulement y pouvait crever la gueule ouverte, je lui « pissourais n'dans. »

Oraison funèbre, toute baignée de tendres urinées, même si, dans l'émotion, la poétesse voisine s'exprime dans un français rocailleux. L'émotion, sans doute.

Comme le Rouet peut maintenant le deviner, une seule messe ne suffira pas à sauver l'âme de Querjean. Mais, notre inspecteur, a gagné deux informations. Par ce temps de disette, cela ressemble presque à la distribution des pains le long du Jourdain. Petite pluie fine ne sait pas si Querjean a « crevé la gueule ouverte » mais la voisine ne sait pas non plus que son voisin est mort. Les journaux n'en ont plus parlé. Trop à écrire sur l'Algérie. Elle continuera donc à pisser sur son pot, ou au fond du jardin.

Rouet aurait bien eu envie de lui dire, mais elle s'arrêterait de mal parler de son voisin. La peur des morts. Sitôt dans leurs linceuls, les pires « chers et regrettés défunts » deviennent presque bons et gentils. La bière lave plus blanc que Bonux.

....

L'inspecteur est allé rue de l'Orne, pour un petit bonjour de courtoisie à Louise Alvarez. La maison est minuscule, une seule pièce en bas et une chambre sous grenier. La maison a été poussée dans le fond d'une impasse, pour que personne ne la voie. La maisonnette voisine n'est plus qu'une ruine sans fenêtres, avec une porte défoncée, entre-ouverte. De sa porte, on voit l'Eglise Orthodoxe Saint Serge et sa drôle de croix plantée sur le bulbe.

De chez elle, descend un petit sentier plein d'orties. Chemin qui donne dans la rue de l'Orne et qui longe celle-ci. Il suffit de traverser cette route pour aller y patauger. Ou pêcher. Ou jeter ses crasses. Un ponton brinquebalant s'appuie sur la berge. Une barque presque noyée et qui n'attend plus personne y est accrochée. Seul son nez sort encore de l'eau pour reprendre un peu d'air. Désaponté.

....

Louise lui a ouvert la porte au Rouet, étonnée de sa visite. Elle l'a laissé s'asseoir, poliment mais sans cordialité. Elle, elle reste debout. Pour le surveiller, le contenir.

- Non, elle n'a plus vu Irina depuis des semaines. Sonia, sa maman, lui avait bien demandé de s'occuper d'elle quelques jours, ce qu'elle avait, bien sûr, accepté. Selon ses dires, elle devait partir quelques jours sur Brest. Non, elle ne l'a pas vue arriver. Elle s'est dit que finalement, elles seraient parties ensemble vu que l'année scolaire tirait à sa fin…

Louise ne lui dit pas tout, il sent cela. Un septième sens. Son texte est trop fluide, trop préparé, trop bien servi. Il manquait ce petit quelque chose d'interrogatif, ce questionnement naturel, quand une amie ou une collègue disparait dans la nature. En observant Louise, il a pensé à « l'accident » que la voisine évoquait. Les cicatrices sur le visage sont trop régulières pour un accident de voiture…

L'accident,

Pour son premier rendez-vous amoureux, c'est vrai que Louise s'était bien habillée. Un peu de rouge sur les lèvres. De la poudre pour son nez, qui brille toujours trop. Une jolie jupe à carreaux bleus et un chemisier bien sage. Les bas en nylon, Louise a attendu d'être au square pour les enfiler. Ses premiers bas. Elle va au cinéma avec Ludo. Un grand de seize ans, qui doit déjà l'attendre devant l'Eden.

Louise n'a pas eu le temps de sortir du square. Tout affairée qu'elle est à enfiler ses bas sans les craquer. A l'abri des regards, entre une « Diane chasseresse » sur son socle de béton et un massif de rhododendrons, elle n'a rien entendu, rien vu venir. Des bras puissants qui lui serrent la taille puis le cou. L'étouffe… Elle tombe. Sa bouche frotte l'herbe, les graviers la blessent. « Il » est sur elle. Arrache ses cheveux. Puis sa robe. Puis le reste… Tout le reste… Elle hurle de mal, de peur. Elle va mourir…

Une petite putain, dira son père…

….

Elle ne voulait plus être une femme. Le lendemain, elle a coupé ses magnifiques cheveux. Le plus court qu'elle a pu. La rage de son père en voyant sa fille sans cheveux a été violente, grotesque, ridicule mais au moins, il n'a pas su les lui tirer pour la gifler.

Ne plus être une femme ne lui a pas suffi. Elle ne voulait plus être tout court. Louise a voulu en finir. Elle a avalé tout ce qu'elle a trouvé dans la petite pharmacie de sa maman et s'est tailladé les bras, le cou. N'importe comment. Sans méthode. Comme une andouille. La lame Gilette s'est pliée, rageuse et désespérée. Louise a arrêté... Plus de force...

C'est sa maman qui la trouvée sur le palier et qui la chargée dans ses bras pour marcher jusqu'à la clinique de la Miséricorde. Clinique maintenant installée dans l'ancien Hôtel-Dieu, à huit-cents mètres. Un corps déjà lourd de sa mort. Vidé de son sang, de sa beauté, de ses larmes... Le vieux chirurgien de garde a cru réussir à la sauver. De toute justesse. Les sœurs Augustines ont beaucoup prié pour elle.

....

Dans la petite chambre, sur le lit en tubes à côté d'elle, un autre corps a été déposé. Celui-ci est entièrement recouvert d'un drap... Une jeune femme avec de longs cheveux blancs, oxygénés, qui s'échappent du drap. Un accident de moto contre un camion, a dit l'infirmière à la bonne sœur ...

La nuit, Louise a appelé doucement l'accidentée. Mais sans retour aucun. Elle lui soulève le drap, avec précaution... Veut voir son visage...

Elle est belle comme la vierge Marie, Louise l'a donc appelée Marie-Miséricorde pour lui parler. Louise voulait seulement savoir si elle était bien, là, de l'autre côté de la vie. Elle-même aurait voulu y être. Devait y être. Mais, elle s'est ratée. Une vraie conne... Une petite idiote qui, maintenant, ne sait même plus retenir ses larmes… Un volcan de larmes et de rage qui explose sans bruit…

Une main est venue chercher celle de Louise. La main de Marie-Miséricorde est moite et glaciale, Louise ne l'a plus lâchée. Pour la réchauffer dans la sienne ou peut-être pour l'accompagner. Marie-Miséricorde s'est retournée et l'a regardée, les yeux vides. Louise lui dit qu'elle aurait voulu être avec elle sur sa moto… Pour la serrer très fort dans ses bras et foncer sur les cent derniers mètres avec elle. Fixer les yeux chromés de ce gros camion Berliet qui hurlait de tous ses klaxons…

L'aube les a retrouvées ainsi. Les bonnes sœurs aussi. Elles ont crié, pleuré et de nouveau prié. Pas assez encore.

….

Ce ne sont pas les cris des bonnes sœurs qui ont réveillé Louise, mais les cris d'un nourrisson. Un nouveau-né tourneboulé dans un havresac… En plein orage et sous une pluie d'enfer… Devant elle, vient de passer une moto de grosse cylindrée, sans phares... Elle a reconnu la pilote, Marie-Miséricorde, mais pas sa passagère qui la serre amoureusement. Heureusement que Louise ne l'a pas appelée Marie-Fidélité…

Ce matin, Louise est trempée de sueur, vidée de toute son énergie… Exténuée, comme toujours après une de ces saloperies de vision…

….

Une autre Louise est sortie des ruines de la première. La nouvelle Louise est devenue une de ses Lilith. Une de ses âmes maudites… Le féminin et le démoniaque enfin réunis. Pour toujours…

Avec Marie-Miséricorde, Louise apprend vite à contenir ses haines, ses larmes, à les dominer pour mieux s'en servir. En échange de sa nouvelle vie, le diable ne lui a pas pris les couleurs dans ses yeux comme pour Marie-Miséricorde. Il les a simplement mélangées…

Louise,

Je n'aime pas ces bêtes questions. Qu'aurait-il vraiment pu savoir ? Pas grand-chose, en fait. Pour Sonia, par exemple, savait-il déjà qu'elle n'aura plus jamais ses affreuses migraines ? Et sa façon de regarder mes cicatrices… presque gêné… Il me regardait comme si je trimbalais les marques de la petite vérole… En faisant semblant de regarder ailleurs… C'est sûr qu'elles ne sont pas très jolies, mes cicatrices. Mais, elles sont à moi. J'en ai aussi plein sur les bras, le ventre. Beaucoup. Et dans la tête. Enormément. Je le sais bien. Tant pis. Les gens ont peur de moi. C'est trop drôle. Avec ma réputation de coupeuse de feu et mes yeux de deux couleurs, je passe pour une espèce de sorcière. Heureusement, ils ont parfois besoin de moi… Grâce à cela, ils ne m'ont pas encore envoyée au bûcher…

….

C'est vrai que maintenant, je m'entends beaucoup mieux avec le diable qu'avec le bon Dieu. C'est quand même lui qui m'a permis de revivre presque normalement, après l' « accident », comme ils disent. Pour les gens, le mot « viol » reste un gros mot. On ne le dit pas. Une invention pour harceler les hommes…

….

L'enfer, quand je suis tombée dedans, en remontant les squares, le bon Dieu, lui, m'y a laissée… C'est vrai que dieu est du genre masculin. Il n'a même pas levé le petit doigt. Il a plutôt mis son pied sur ma tête. Qu'elle ne remonte surtout plus à la surface, cette dévergondée. Se maquiller à son âge, et mettre du rouge à lèvres… Et en plus mettre ses bas dans un square, devant tout le monde…

Et maintenant, le bon Dieu me montre son gros doigt, parce que je serais devenue méchante. Ce n'est pas très sérieux. S'il ne sait pas où le mettre son gros doigt, moi, j'ai une idée... Mais dans le sien...

....

Pourtant, moi, la vilaine Louise, j'ai réussi à vraiment m'enticher d'Irina, la petite de Sonia. J'adorais la câliner, lui raconter des bêtes histoires de contes de fées, quand sa mère s'absentait, très souvent, de l'atelier. Ou quand je la gardais trois ou quatre jours à la maison. Parfois plus.

J'en étais bleue de cette gamine. Toute petite, je la calais dans mon lit avec des gros coussins et nous dormions ensemble. Mes doigts dans ses cheveux si fins, ses doigts à elle dans sa bouche. A les téter comme une agnelle... Comme si elle n'avait rien eu à bouffer de toute la journée. Ses grands yeux gris qui restaient ouverts pour me regarder, pour me torturer parce que ce n'était pas ma fille. Quand Sonia me la reprenait, je pouvais en pleurer des heures entières. Me vider de toutes mes larmes...

J'aurais dû la dézinguer bien plus tôt et reprendre ma gamine. J'aurais dû... Elle s'en foutait tellement d'Irina, cette pétasse...

Aujourd'hui, Irina serait encore là, avec moi...

....

Et en plus, je suis restée célibataire... Au grand désespoir de ma mère, que je trouve plutôt mal placée pour me parler de cela...

Dans mon divan, à la place d'un mari, se vautre un chat. Je l'ai fait châtrer. Par pure vengeance des hommes. Depuis, il ne sort plus de la maison.

Un gros matou qui, lui, ne m'emmerde pas, ne me vide pas mon frigo et qui n'a pas une haleine de phoque, nourrit de sardines marinées dans l'aïoli. Quand j'en ai marre de l'entendre ronronner comme une lessiveuse électrique, je peux l'envoyer bouler hors du divan avec un grand coup de pied.

Je ne saurais pas le faire avec un mari. Sauf si j'épouse un cul de jatte. Mais alors, pour me faire arriver à Zanzibar, je doute qu'il fasse mieux que mes doigts. Rien n'est facile.

Léon Rouet et sa visite…

Cette Louise Alvarez a quelque chose de bizarre. Peut-être sa façon de regarder les gens. Elle est anxiogène. Voilà le mot, anxiogène. Elle me tape l'angoisse. Ses grands yeux vairons qui me fixent sans jamais ciller, c'est un truc à rendre les gens complètement cinglés...

La voisine des Querjean m'a aussi dit qu'en plus de ses dons de « coupeuse de feu », elle a parfois des « contacts » avec les morts. Qu'elle pouvait leur parler. Cela ne m'étonne même pas. Elle a une tête à cela. Communiquer avec les morts. On a beau se dire que ce sont des foutaises, à moi cela me fout les jetons.

Et ce matin, après même pas trois minutes, je suis là, assis sur une chaise en tube. La chaise qui devient banc d'école et l'inspecteur de police, un gamin de huit ans… Un gamin devant son institutrice. La maîtresse est là, debout, devant moi. J'ai dû étudier une petite récitation pour ce matin, mais les mots pour la déclamer restent bloqués dans le fond de ma gorge...

Je sens la sueur couler dans mon dos…

Je n'en peux plus, j'abandonne, je rends les armes. Je ne pousse pas les feux plus loin et je ne lui dis même pas que le mari de sa copine est dans un frigo de la morgue de Lisieux.

Peur qu'elle me dise qu'elle le savait. Peur de passer pour un con. Et elle, elle en rajoute. Me pose des questions idiotes sur mon métier, si je suis marié, si j'ai déjà attrapé des voleurs… Tout juste si elle ne me demande pas si ma maman est gentille avec moi ou si je me brosse bien les dents tous les matins. Elle se fout de moi…

En sortant, Louise, en souriant enfin, et en me fixant une dernière fois dans les yeux, me dit de faire attention où je mettais les pieds. Trop tard… Je me tords la cheville dans son foutu paillasson.

Je prends plutôt cette remarque comme une mise en garde, un avertissement peut-être.

« Vous lui remettrez mon bonjour… » a-t-elle dit en refermant la porte derrière moi.

Que sait cette fille ? Il n'y a que moi à savoir et bien sûr, Sainte Thérèse de l'Enfant-Jésus et de la Sainte-Face. Et le légiste évidemment.

Cette Louise Alvarez me rend toqué, me fascine, me désespère.

-Ne viens pas tomber dans le piège du petit boutonneux, qui tombe amoureux de son institutrice. Ce serait un comble. Réveille-toi, mon grand, t'as pas vu comme elle est moche ta « chérie ». Avec sa tête à la six quatre deux, ses tifs coupés à la brosse, comme un appelé du régiment qui revient d'Algérie ?

Et ses cicatrices. T'as vu ses cicatrices ? Toute petite, elle a dû être jetée dans une batteuse à grains Merlin. Pour retomber à côté des sacs de blé, en plus… Rentre à la maison, prends un bon Cognac. Ou alors, prends une douche bien froide ou bien chaude et attends que cela passe… L'Ouest Républicain a une rubrique « matrimoniale » si cela te démange tellement.

L'enquête,

Pour la mort de Querjean, notre « Maigret-en-culottes courtes-qui-est-amoureux », tient un scénario possible. Celui d'un règlement de comptes.

Il a remonté tout l'historique des réseaux de résistance connus à Caen. Tout est consigné, classé, noté dans une farde rouge. Celle-ci est maintenant à la maison, les rouges, ce sont ses enquêtes à lui. Pour ses dimanches.

Ses collègues, eux, le dimanche, vont à la pêche ou vont dorloter les femmes des petits camarades, qui sont à la pêche. La police est une grande famille... L'entraide n'y est pas un vain mot. Rouet, lui, il construit, consolide ses fardes rouges avec les archives, les coupures de journaux qu'il pioche à droite et à gauche. Chacun son truc. Il n'emmerde personne, lui. Surtout pas les poissons. Il n'aime pas le poisson d'ailleurs. Il devra finir par le dire à sa mère...

....

Il a reconstitué tout le réseau du maquis Saint-Clair. Avec la libération, il est plus facile de mettre des noms derrière les pseudonymes. Le réseau Saint-Clair, comme les autres maquis, a été rudement touché. Fin 1943, c'est le début de la fin de la peste teutonique et pourtant les dénonciations arrivent encore et toujours dans leurs bureaux. Les heures sont grises à Caen. Les otages n'en finissent pas d'être fusillés dans la cour de la caserne du 43eme d'artillerie, quartier Claude Decaen. Plusieurs noms ont marqué l'inspecteur Rouet. Il a étalé une carte de Caen. Une petite carte d'avant-guerre, bien sûr. Avant qu'elle ne soit rasée au trois-quarts...

Il est parti de la rue Quincampoix, où un certain Paul-Emile Querjean habitait à l'époque. Très vite, il est évident que le gaillard est une figure « historique » de la collaboration locale. Les coupures de journaux sont là pour en témoigner.

Dans le bas de la rue Quincampoix, à l'angle, résidait Monsieur Gilles, un pilier du réseau Saint Clair arrêté fin 43. Torturé par les nazis et exécuté huit mois plus tard avec quatre-vingt-trois autres otages, dans la cour la prison de Caen. Tous enterrés sur place dans un premier temps.

En avril 1944, ils ont été exhumés en vitesse et déplacés on ne sait pas où pour supprimer les preuves devant l'avancée des alliés. Tout cela est conservé, consigné dans les archives.

Dans la rue Vauquelin, qui donne sur la rue Quincampoix, habite un certain Guy Lecques, mécanicien et chauffeur de locomotive à la SNCF. Celui-là, Rouet le connait bien, il est trieur de convois à Lisieux. Ami de toujours de monsieur Gilles, Il a rejoint le Saint Clair après la panne de sa locomotive Pacific au printemps 43.

Panne qui a permis à une vingtaine de détenus politiques de s'échapper du convoi. Quatre ont été repris tout de suite et fusillés, assassinés sur place.

Retour rue Quincampoix, plus haut, au 27, Monsieur Rémy. Remy Adri , qui a perdu sa femme et sa fille dans une rafle en octobre 1943. Pourtant, ils ne s'étaient pas enregistrés comme juifs à la mairie de Caen, donc ne devaient pas figurer dans les listes. Seule une dénonciation… Aucune des deux ne sont revenues des camps, ni sa femme, ni sa fille.

Monsieur Remy était Max dans le réseau Saint Clair, spécialiste dans les placements d'explosifs, et lui aussi un grand ami de Monsieur Gilles. Monsieur Remy Adri est, aujourd'hui, maître d'école, aux Asnettes. Il est aussi l'instituteur d'Irina. La fille de Querjean. Un deuxième nom à tenir au chaud.

Le minotaure devrait se réveiller.

....

Rouet a eu rendez-vous avec monsieur Remy jeudi passé, à Caen. Pour « gratter » des informations sur les parents d'Irina, et sur Irina bien sûr. Monsieur Remy a décrit une fille calme, un peu renfermée, peu d'amies à l'école, sauf Béatrice. Des relations qu'il décrit pudiquement de « chaotiques » avec son père, qui ne la supportait pas et ne manquait jamais de lui faire comprendre. De façon parfois très brutale si l'on en croit les marques bleuâtres sur les joues ou les jambes de la gamine.

Monsieur Remy connait... Presque une normalité pour l'époque. Alcool et frustration. Ou une enfant non voulue. Ou tout ensemble. Il y en a beaucoup.

Une gosse élevée ou plutôt forcée par les circonstances. Dans les circonstances... La méthode de contraception du bon Docteur Ogino tient de la roulette russe... Mais avec un minimum de quatre balles dans le barillet.... Ce conseilleur ne l'a jamais utilisée pour lui...Cela a permis à la France de se repeupler dans des temps records...

Rouet ressent de l'émotion dans la voix de Monsieur Remy quand il parle d'Irina, de l'affection même.

Pas un seul geste, tic nerveux, mouvement de cils, ou rosissement de peau ne pourraient trahir une émotion quand il parle du père. Une haine féroce emballée dans de la soie...

Uniquement du ressenti, des formes d'ondes perçues par le Rouet indiquerait un mal-être de l'instituteur, surtout quand il lui a demandé ce qu'il faisait le jeudi 12 mai en matinée. Une vague excursion à Fécamp ne l'a guère convaincu, surtout que monsieur Remy n'en était pas très sûr lui-même.

Un léger plissement du nez, un mouvement de narines, peut-être un semblant d'étincelle dans ses yeux à l'annonce du tragique décès du papa d'Irina. Rien de plus, mais Rouet s'en contente, satisfait.

L'inspecteur a également interrogé Monsieur Lecques. Sans persécution aucune. Sans conviction non plus.

Le chauffeur de la Pacific 231 a su tenir sa langue devant les questions de l'occupant en 1943, suite à la panne de sa machine. Il était donc inutile de vouloir lui faire dire des choses qu'il ne voulait pas dire. Le fait que Rouet connaisse très bien les contradictions de son dossier n'y changeront rien. L'ancien du Saint Clair ne lâchera rien.

Même en échange de dix carambars…

L'inspecteur Rouet a maintenant sa petite idée, sinon son intime conviction sur la disparition du combien patriote Paul-Emile Querjean.

Un dernier spasme des tribunaux d'exceptions de l'après-guerre. Si le Querjean a cru bon de faire un temps de purgatoire en terra incognita, avant de revenir dans le pays des mille pommiers, c'est qu'il n'était pas rassuré pour son intégrité physique. C'est un peu stupide de sa part… Il est connu dans la région… Il a marqué certaines personnes… Même des années après… L'intelligence de ce quidam n'est heureusement pas son maître atout…

Loin des tribunaux pétainistes laissés en place par le nouveau régime en 1944 et qui, pour beaucoup se montraient oublieux pour les collabos. Les Forces Françaises Intérieures, les FFI, assuraient un contre-poids à cette justice laxiste, avec une épuration souvent brutale et expéditive. Avec évidemment, beaucoup de femmes aux premiers rangs, aux premiers coups, aux premières cordes. D'abord, le plus facile…

….

Rouet aurait dû décider de classer le dossier. Stupide accident de train. Ou suicide, comme son chef l'avait suggéré. Mais cela contrarie ses convictions, ses valeurs. En entrant dans les

Ordres Régaliens de la république, il a fait serment de fidélité à la république. La Monarchie n'étant plus.

Mais les premières fissures de ses intimes convictions républico-policières sont perceptibles, presque visibles. Ses ongles s'y accrochent, sa conscience s'y blesse.

Dans son rapport, la thèse du suicide sera privilégiée. Son chef sera content.

Il aurait cependant voulu connaître le modus operandi de l'opération Querjean sur ce fameux quai de gare. Il est certain que la symbolique de la Pacific 231 et du dernier voyage, les a une dernière fois réunis.

A Caen, de toute façon, personne n'était prêt à exhumer de vieilles histoires de collaboration. Surtout, si c'est un Parisien qui pousse le feu. Royaliste et juif, en plus. Léon Rouet le sait.

Il voudrait aller brûler sa farde rouge dans la chaudière de cette Pacific 231… Et retourner rue de l'Orne, déclarer sa flamme à quelqu'un qui n'a rien d'une pacifique….

Chapitre 15

« Penser, penser… j'en ai perdu l'habitude, cela fait vingt-cinq que je suis dans la police… »

Francis Blanche

Caen, mardi 4 septembre 1962,

Quatre jours que Léon n'est pas rentré à l'appartement… Quatre jours entiers… Il n'a rien dit à sa maman et toutes ses affaires sont dans sa chambre. Il serait à Paris ou ailleurs pour une filature, une enquête ou pour une fille, il aurait au moins pris une chemise propre et quelques vêtements pour se changer. Un slip, une brosse à dents. Non, rien du tout, même pas son nouveau rasoir électrique. Pourvu qu'il ne revienne pas avec une barbe.

Sa mère n'en peut plus. Pas la moindre nouvelle depuis jeudi. Ce matin, il faut qu'elle aille au commissariat pour savoir, même s'il sera furieux de l'apprendre il faut qu'elle sache où il est. Il n'a jamais découché, sauf une ou deux fois à Paris il y a plus de trois ans. Pour une poule comme elle dit.

Dans le bureau du commissaire, Madame Rouet ne sait que demander sans passer pour une angoissée qui se tracasse pour son gamin. Un gamin qui a quand même plus de trente ans.

En fait, le commissaire Jeanard non plus ne sait rien au sujet d'un éventuel déplacement du fils chéri. Il ne l'a plus vu depuis la semaine dernière. Celui-ci devait effectuer des devoirs d'enquête pour retrouver une femme dont le mari a été victime d'un accident de train. Un suicide, semble-t-il.

Visiblement le commissaire ne savait pas très bien ce que Rouet faisait de ses journées. On le lui a expédié de Paris pour s'en débarrasser, cela il le savait. Un cadeau de la SRPJ... Cela venait de haut. Il n'a pas été content de son arrivée. Il n'a pas eu le choix. Sa petite ville n'est pas Chicago sur l'Orne et le nouveau petit Maigret qui regarde ses collègues de haut pouvait très bien rester à Paris sur Seine.

Mais le commissaire Jeanard n'est pas un homme contrariant, il va lancer les recherches en « interne » comme il dit. Discrètement. On finira bien par avoir des nouvelles. Peut-être que le commissaire en chef pourra s'en débarrasser à bon compte de ce foutu parigot.

Lancer est un bien grand mot. Jeanard a autre chose à foutre de ses journées. Une maison à rénover, pour faire plaisir à sa femme, avec des corps de métiers pas possibles à tenir sur le chantier. Une maîtresse qui le harcèle pour qu'il quitte enfin sa femme et deux idiots de fils qui n'en branlent pas une à l'école. Alors, les soucis de la mère Rouet avec son fils chéri peuvent attendre un peu…

Peut-être que Léon a été pris d'une envie, d'une pulsion sexuelle tardive, irrépressible. La chair est faible. Léon doit être à Rouen. Loin de Caen et de sa maman. La peur du Caen dira-t-on. Pourtant, des jeunes filles et surtout des moins jeunes, ils n'en manquent pas autour du vieux port. Elles racolent, là, en toute tranquillité et les représentants du désordre ne les embêtent pas. Ces mêmes pandores ont d'ailleurs de très bons contacts avec elles. Professionnels évidemment.

Le commissaire Jeanard a ses idées sur la disparition du gamin de madame Rouet. Un rancart qui a mal tourné. Ou un règlement de compte pour une arrestation antérieure. Dans sa vie de French Cancan… Pour lui, on n'est pas sûr de revoir le petit blanc-bec sur les quais de l'Orne.

Et puis, sa maîtresse l'attend pour déjeuner à l'Excelsior, près du lac. Un hôtel-restaurant discret et bien tenu. Jeanard y a son rond de serviette, et sa chambre. Toujours la même. La patronne a le commissaire à la bonne, pour services rendus, et aujourd'hui il y a de la daube Provençale. Il n'a pas envie de se mettre en retard, et risquer bêtement de ne plus avoir de beaux morceaux d'agneau.

....

Louise,

Début août, « Il » a eu tort de rentrer chez moi sans y être invité. Cela tient d'un manque d'éducation évident. Surtout en mon absence. Et sans mandat. D'aucune sorte. Flic ou pas flic, c'est très impoli. Grossier.

Que croyait-il trouver chez moi ? La Sonia Querjean ? Ma petite Irina ? Ou autre chose ?

Et puis, que faisait-il au cimetière, à l'enterrement d'Abramov, derrière le volant de sa Dauphine jaune. Je l'ai vu. Il n'est pas sorti de son auto. Tout caché qu'il était derrière ses grosses lunettes noires et ses petites mains sur un appareil photo. Je n'aime pas cela. Il est un peu trop autour de moi ces derniers temps. A moi, il me faut de l'air, respirer... Pouvoir bouger mes coudes...

Ou a-t-il eu des échos pour des disparitions antérieures dans le pays ???

Comme celle de ce pharmacien de la rue Saint Jean, disparu dans la nature sans laisser de traces. Dissout comme une aspirine dans un verre d'eau. Rouet savait-il quelque chose ou marchait-il à l'instinct ?

Des gens qui disparaissent, il y en a des centaines tous les ans. On en fait pas tout un fromage. Même en Normandie. Je sais qu'il n'y a même pas eu d'avis de disparition, d'enquête, juste un signalement. Son employée inquiète de ne pas le voir à l'ouverture de son officine le mardi matin. Et inquiète pour sa place derrière le comptoir… Et pour ses sous…

L'invitation…quelques jours plus tôt,

Prendre des risques insensés avec un inspecteur « cherche-misère » qui voudrait jouer à l'inspecteur Belin. C'est non. Louise n'est pas Landru, elle a un cerveau, elle. Le crime du fin limier ?... Une visite inappropriée chez elle. Sans son accord. D'aucune sorte… Louise en est sûre, elle en a la preuve… Louise est entrée dans une colère noire.

Elle va la jouer comme à la belotte, en cachant ses atouts. C'est elle qui distribue les cartes, et Louise est une grosse tricheuse. Elle ne va surtout pas lui montrer qu'elle est au courant de sa stupide visite. La dernière.

Elle doit et elle va récupérer le petit carnet rouge d'Abramov. Elle ne le trouve plus, il était sur le haut du frigidaire, dans un petit sachet plastique. Il n'y est plus. A-t-il trouvé autre chose ? L'argent et son trésor de guerre, eux, sont toujours enterrés à l'entrée de la petite maison à côté de chez elle. Louise a vérifié, on n'y a pas touché.

….

Louise a téléphoné au commissariat. Il y a un téléphone à l'atelier… Elle a des informations sur la disparition d'Irina Querjean et de sa maman… Pour la maman, elle ne mentait pas… L'inspecteur Rouet viendra demain, vers les cinq heures. Elle aura le temps de mettre au frais sa petite décoction à base de laurier blanc, de rhum et de menthe. Il lui en reste… La menthe pour adoucir l'amertume. Le laurier blanc pour stimuler le tonus… A servir très frais, avec glace pilée et un peu de sucre. Comme le diabolo menthe… Sans modération aucune.

Pour Louise, Léon ne doit jamais devenir commissaire.

…..

Léon Rouet est là. Coincé, peu confortablement, sur le canapé. Trop enfoncé dans son siège. Louise, assise sur une chaise, de l'autre côté de la petite table, le dépasse d'une bonne tête. Son syndrome du garnement désobéissant, face à son institutrice le reprend. Mais aujourd'hui, l'institutrice est ravissante. Elle a mis de l'ordre dans son peu de cheveux, avec un joli maquillage. Ni trop, ni trop peu. Une jupe à volants rouge achève de lui donner une petite touche de vedette. Couverture de Paris-Match… Elle croise et décroise ses jambes. Ses bas bruissent légèrement. Elle lui laisse entrevoir ses genoux. Sans plus. Le grand jeu.

Léon est sous le charme. La vipère à la jupe rouge a fixé sa petite souris grise. Elles sont si faciles à attraper… La pâleur d'un sein suggérée par un corsage un peu lâche, le carmin prononcé d'un rouge à lèvre, un ourlet d'une jupe à peine suggéré… La petite souris ne bougera plus… Louise lui propose enfin quelque chose à boire et va chercher dans le frigidaire son délicieux sirop dc menthe si tonique... La petite souris ne retrouvera pas sa maman de sitôt…

Il ne peut pas refuser. Peut-être le calumet de la paix ?... Il n'a pas encore dit un mot et n'a rien demandé à Louise de ce qu'elle voulait lui dire de si important. Le verre de faux cristal de chez Duralex est à ses lèvres, quand le chat de Louise lui saute sur les genoux. Le verre et son contenu se retrouvent sur le carrelage. Il ne casse pas. Duralex, lui, il tient ses promesses. Pas son contenu…

Le chat se plait bien sur les genoux de monsieur Léon et se met en boule. Léon ne sait que faire, il voudrait le caresser un peu, mais il devrait d'abord ramasser le verre, s'excuser de sa maladresse, aller chercher un torchon… Bouger son cul, quoi. Le chat se met à ronronner, il se trouve à l'aise… Léon n'ose plus respirer. Peur de déplaire et au chat et à sa maîtresse…

Louise, elle, est sous le choc, tétanisée. Jamais, depuis six ans, son idiot de chat n'a voulu approcher quelqu'un. Sauf Irina. Personne. En général, il se réfugie en haut de l'escalier et souffle comme un dragon, quand on veut le toucher. Et le voilà sur les genoux de cet inspecteur… Ce chat déraille complètement. Notre Maigret lui caresse le dessous du cou, et ce bestiau ne dit rien, se pâme presque …

-J'aurais voulu un chat, moi aussi, mais ma mère n'aime pas les chats. A cause des poils qui traînent partout qu'elle dit. A Barcelone, j'en avais un. Un roux et blanc, qui venait dans ma cabane de pirate. Souvent, il dormait là-haut et je lui apportais du lait en cachette..

Louise ne dit toujours rien. Elle se lève, ramasse le verre, emporte la bouteille de menthe dans la cuisine.

-Désolé, je suis maladroit… Heureusement le verre n'est pas cassé…

-Je n'ai jamais vu cela… mon chat sur les genoux de quelqu'un…

-En voilà toujours un qui m'aime bien dans cette maison…

-…

-Je n'ai même plus envie de vous en parler, des Querjean. Je sature un peu. Je vous ai dit qu'il était mort ? Sous un train de marchandise… Quarante wagons citerne, plus la locomotive. Accident, suicide ou meurtre, on ne sait pas.

Ce type, pendant la guerre, était un collabo. Une petite frappe dans une milice à Pétain… Avec chasse aux juifs et aux communistes. Après il est devenu faux monnayeur, trafiquant de toutes sortes. Pour couronner le tout, Il tapait sa fille comme un malade et je dois chercher qui aurait pu le jeter sous un train… Ils doivent être cent mille à avoir voulu le jeter sous un train. Sa femme en premier, je parie. Et elle, on ne la trouve plus… Sa fille non plus…

- Je n'ai plus de menthe. Une Kronenbourg, cela vous va ? …

-Merci, va pour la Kronenbourg, et vous ? Votre boulot ? Ce n'est pas rigolo tous les jours non plus, en fait. Faire des fromages, les emballer. J'aurais peut-être aimé un métier comme ça, moins prenant. Genre boulot à la chaine. Un deux trois, un deux trois, toute la journée. Mettre un collant sur une rame de papier, par exemple, puis attendre l'autre rame, et remettre un collant. Cela m'aurait plu en fait... On a l'esprit à nous, on peut penser à autre chose.

- Vous pouvez faire un autre métier aussi… Détective par exemple. Ou travailler dans un bureau. Avec votre diplôme cela ne doit pas être compliqué… Donc Querjean est mort… Depuis quand ?

- Le dix mai. Cadeau d'anniversaire pour sa fille. Elle a eu dix ans ce jour-là… Il n'aurait pas pu mieux choisir… Après le train de marchandise, c'est le rapide Cherbourg-Paris qui lui a roulé dessus, vraiment pas de chance…

- Moi, j'aime bien la petite Irina, leur fille… Je la gardais souvent. Quand sa mère avait des choses à faire… Je me demande quand même ce qu'elle est devenue…

- Moi aussi, je me le demande… Même si je sais pertinemment bien que vous étiez au courant pour la mort du père Querjean. Les jolis yeux ne savent pas me mentir…eux. Comme je sais aussi que vous adoriez la petite et qu'elle même adorait venir ici… C'est votre chat qui me l'a dit… Il était tellement jaloux…

-…

- J'ai aussi hérité d'un meurtre sur un hameau de Cabourg. Coïncidence ?.. Mais moi je ne crois pas beaucoup au hasard… Un huissier pas très net. Un peu spécial, d'après quelques rapports de plaintes « découverts », presque exhumés après sa mort… Dans le fond d'un tiroir, à l'abri d'un commissariat discret. Très discret même. J'ai dû fouiller pour les trouver… Il aimait bien les enfants. Un peu trop même… C'était le proprio des Querjean d'ailleurs… Drôle de coïncidence… Le monde est petit.

Lui, il s'est fait démonter à coup de batte de base-ball… Sur le rapport du légiste, il y a quatre pages. Côtes cassées, poumon perforé et j'en passe…

En revanche, pas une seule ligne sur la trace de morsure qu'il avait sous l'œil… C'est en regardant la photo de tout près que je l'ai vue… On ne pouvait pas la rater, et récente en plus. Je l'ai montrée à mon toubib à moi. Une morsure d'un ou d'une ado. Vachement féroce en tout cas, on peut y compter ses dents… Un truc de fille, les morsures… Intuition de flic… A votre avis ?

- Pourquoi, il n'y a rien sur le rapport… ?

- Il y avait déjà quatre pages, cela devait leur suffire… Ou alors il manquait des feuillets dans le rapport que l'on m'a remis… Il était aussi un ami de Querjean pendant la guerre… Lui-même un inconditionnel de l'amitié franco-allemande… Vous le saviez ?...

.-… Oui et non, Sonia et moi n'étions pas vraiment amies, on ne se parlait pas beaucoup…. Elle se plaignait de son mari ivrogne et de sa fille autiste. De tout en fait… Je n'aimais pas qu'elle appelle Irina comme cela… Irina est comme elle est et je l'adore comme elle est…

.-… Si Sonia était là, elle pourrait nous en apprendre beaucoup, je crois… Surtout sur le décès inopiné d'Abramov… En fait, et je saute du coq à l'âne, quel était le dessert préféré d'Irina ?? Crème noisette…peut-être.

-…

-… Elle a, peut-être, été chez Abramov pour retrouver sa fille…. Il était dans le quartier le dix mai… On le connaissait bien, le proprio… Je le sais… Sonia aussi le savait…

Les femmes peuvent devenir folles de rage si on touche à leurs gosses… Elle aimait peut-être bien sa fille, après tout ? Seul truc qui m'embête, ce sont les dates. Il lui aurait fallu plus d'un mois pour retrouver Abramov. C'est beaucoup…. Moi, perso, je ne crois pas que l'on reverra la Sonia…

….

Cela fait quatre jours et cinq nuits que Léon est rue de l'Orne, chez Louise. Après sa théorie sur Abramov et la Sonia, il s'est assoupi… Comme une masse… Deux Kronenbourg, un petit cognac et il est cuit… Endormi avec le chat de Louise sur les genoux. La tête sur l'accoudoir. Louise lui a mis un coussin en dessous de la tête. Le coussin du chat d'ailleurs… Plein de poils…

….

Le soir est bien là quand il se réveille et Il ne montre guère d'enthousiasme à retourner manger chez sa maman à lui… Il demande un grand verre d'eau… Louise a préparé des œufs brouillés, avec des morceaux de champignons de Paris en boite et des dés de lardons. Elle lui propose de manger un bout avec elle, avant de rentrer... Louise n'est pas un cordon-bleu mais il y a du vin à table.

….

Ils ont lu, ou fait semblant de lire. Côte à côte, avec Europe 1 en musique de fond. Et Paris-Match en fond de lecture. Louise est montée à l'étage, prendre des couvertures pour Leon, puis est partie se coucher. Le chat est resté avec Léon.

A une heure du matin, elle est redescendue éteindre la radio, et reprendre son chat. Et Léon aussi…. Dix minutes plus tard, le chat est redescendu sur le divan. Il n'aime pas le bruit et se sentait vraiment un peu de trop.

….

Léon Rouet va donner sa démission dès le lendemain. Il a promis. Louise lui a fait un brouillon de lettre. Il va postuler un emploi à la poste. De préférence au tri, à Rouen ou à Lisieux. Là, au moins, on lui foutra la paix. Reste à prévenir sa mère. Il ne fera même pas de préavis. Il en a marre. Sa mère fera une scène pas possible. Il s'en fout.

Louise,

Je suis vraiment une andouille. Pourquoi me suis-je laissé enfumer ?? J'aurais été tranquille pour de bon. Tout cela à cause de cet idiot de chat. Pourquoi il lui a sauté dessus ??

Il se prend peut-être pour Bastet, la déesse à tête de chat, protectrice des âmes… et des innocents. Et des imbéciles comme moi aussi…

Tout était prêt. Le pneu de la brouette enfin regonflé pour mes petits transports…

C'est en remettant le sachet de feuilles de menthe au frigo que j'ai retrouvé mon carnet rouge. Coincé derrière le bac à légumes. Donc Léon-Rouet-le-trop-curieux, n'y était pour rien dans sa disparition. Il n'est même pas sûr qu'il soit venu fouiller ma baraque…

La déesse Bastet et mon bête chat, le savaient.

Si je ne peux plus m'en défaire du petit Léon, je vais l'épouser. J'avais un peu la tête à l'envers pour aller au boulot ce matin. Au fond, je l'aime bien mon détective. Il est trognon comme tout. Un peu collant, mais trognon quand même. En plus, je crois que je lui plais bien.

Je suis partie sans le réveiller, après avoir vidé le reste de sirop de menthe dans l'évier, bien sûr. On ne sait jamais que Léon aurait soif. Mon pauvre petit Léon.... Je lui ai laissé un mot sur la table, qu'il restait du pain brioché et du fromage pour son petit-déjeuner. La bouteille thermos était remplie de café... Et que je rentrais avec les courses après deux heures.

Et il m'a aussi fait comprendre qu'Irina était vivante... Vivante, je n'en étais même plus si sûre... Quand je l'appelle, mes soirs de spleen, elle ne répond jamais....

Même Marie-Miséricorde ne me parle plus... C'est vrai que je l'ai insultée, que je l'ai maudite... Elle doit m'en vouloir...Je suis sûre qu'elle me prépare une crasse... Marie-Miséricorde, peut-être... Mais Marie-Traîtresse à coup sûr....

....

Finalement, Louise Alvarez ou Louise Rouet, cela ne changera pas grand-chose. Je vais laisser mes cheveux repousser. Cela fera plaisir à mon Léon que je vais garder pour moi toute seule. Je ne le rendrai pas à sa mère. Enfin pas tout de suite... Je le garderai comme une vilaine gamine garde un beau scarabée bleu dans unc boite d'allumettes. Il faudra qu'il gratte encore des informations sur Irina. Que je sache où elle est...

Je crève de ne pas savoir. Surtout de savoir que Marie-Miséricorde, elle, sait quelque chose et ne me dit rien....

....

Chapitre 16

« Elle ne savait pas que l'Enfer, c'est l'absence »

Paul Verlaine

Les petites Cévenoles, mai 1964

Moments fragiles que ces matins de brume déjà chaudes qui se lèvent sur les collines de Monoblet. Les jumelles... Quand mai reprend ses quartiers d'été dans les Cévennes. Sept heures, le soleil ne va pas tarder à vouloir entrer tout entier dans la maison. Il a tant à se faire pardonner de son hivernale bouderie... Charlotte, elle, a poussé les trop lourds volets bleus, pour pouvoir l'accueillir dans sa cuisine. Déjà les premiers parfums l'envahissent timidement.

Ceux de ce joli rosier grimpant, tout rouge de confusion d'être à jamais enlacé à une robuste glycine, et qui, à deux, prendront leurs la places sur l'ocre de la façade. Ensemble, s'épaulant l'un l'autre, ils s'agripperont à quelques fils de fer rouillés pour franchir enfin, le cintre de pierre et se perdre, l'un sous l'autre sur la toiture. Cachant leurs impudiques amours sous les tuiles romaines. Leurs doux baisers donneront dès juin, de magnifiques bouquets de rouge, de rose et de bleu. La douceur d'un autre jasmin, entêtante et délicieuse, ne va pas tarder à envahir la pièce. Bien vite partagée, chahutée même, par l'arôme exotique et puissant du café...

....

Charlotte, du haut de ses treize ans semble se confondre avec cet instant du jour, plus tout à fait l'aube, pas encore le plein soleil. Charlotte rit toujours comme une petite fille, pleure déjà comme une femme.

Tout affairée qu'elle est à démêler ses cheveux, dans l'encadrement de la fenêtre, Robert Doisneau aurait pu l'immortaliser dans son Rolleiflex. Il aurait appelé ce cliché « Bons baisers des Cévennes ».

Elle a enfin rassemblé sa tignasse dans un invraisemblable chignon et allume la radio. C'est samedi, son père restera à la maison pour réparer des bricoles ou travaillera, mais un peu plus tard, au domaine. L'antique poste Phillips distille des infos que personne n'écoute, mais que son père a entendues puisque le plancher de châtaigner craque doucement à l'étage.

Le facteur Maillan se réveille avec les bruits du jour. Charlotte a coupé le gaz sous la bouilloire. La première passe sur le café est terminée avant qu'elle ne sorte, son cabas jaune à la main. Un rituel immuable qui rythme ses week-ends depuis presque six ans. Depuis que sa Charlotte a eu mission d'allumer le gaz pour faire bouillir l'eau, passer le café et aller chercher les deux pains pour la journée. Le partage des tâches domestiques, dira son père. Le temps que celui-ci se rase et se lave, campé au-dessus de l'évier, devant la glace toute piquée de la cuisine et sa grande Charlotte sera revenue de la boulangerie. Rituel matinal…

…

Sa fille se trouve déjà en vue de l'escalier de pierre qui monte sur la place des Magnans. Derrière l'église, deux ou trois grandes dalles, glissantes en hiver, l'attendent pour descendre vers le fournil.

Depuis presqu'un an, elle y travaille aussi le dimanche matin et pendant les vacances. Charlotte adore cette boulangerie, l'odeur du pain ou des fougasses qui finissent de cuire sur la pierre, juste à l'entrée du four. Sa patronne est la petite-fille du boulanger qui a ouvert son atelier, début des années trente.

Charlotte sort toujours du fournil avec un petit ou un gros morceau de fougasse aux lardons. Fougasse qu'elle se grignote toute seule comme une grande égoïste. Il en reste rarement pour son père. Le prix du trajet.

Son papa aura alors servi le café dans les grands bols bleus de Sèvres, derniers rescapés d'un joli service de sa femme, et ils pourront alors se dire bonjour sans trop de mots, et toujours un grand sourire dans les yeux.

Il tranche encore le pain pour Charlotte, peur qu'elle ne se coupe un bras ou une jambe avec ce grand couteau là. Celle-ci en retire la mie avant, d'y mettre une bonne couche de confiture de rhubarbe. Marmelade qui souvent, se retrouvera sur la table.

Lui se contente de regarder sa fille, en trempant son pain dans le café sucré. Parfois avec un morceau de fromage très fort, du Maroille. Habitude malodorante datant de son mariage, son Aurore prenait toujours son petit déjeuner avec ce fromage. Tradition du Nord, qu'il dit. Charlotte, elle, n'a jamais pu.

....

Avec son travail à la poste et son boulot de bucheronnage au domaine des Anglais, à Colognac, il a laissé grandir beaucoup trop vite sa Charlotte. Souvent un peu seule. Alors le samedi matin, quand il est là, il en profite, mais en silence. Les phrases semblent les attendre sur le banc de pierre, le long de la route vers Saint Félix où, le soir ils papotent parfois de la journée, de l'école, des copines. Pas encore des amoureux, mais il sait que cela ne saurait plus tarder. Ses yeux en rougissent déjà...

....

Il n'a pas eu le choix le papa de Charlotte.

Le père Maillan, comme ils disent au village. Un peu comme la mère Michelle qui a perdu son chat. Mais lui, il a perdu sa femme. C'est moins drôle.

Charlotte a dû pousser seule ou presque, comme ces orges et ces violettes sur les chemins de traverse. Des orges, elle en a gardé des épis dorés dans les cheveux, et des violettes, des éclats dans les yeux. Un ultime cadeau de sa mère…

Sa maman fut déposée en terre sans cérémonie religieuse, sans curé, sans croix…

Celle-ci, son papa viendra l'enfoncer, la nuit suivante… Sa petite charlotte emmitouflée dans un châle de sa maman…

…..

Néanmoins, Charlotte achève une enfance agréable, heureuse même. Même si sa maman lui manque souvent, terriblement souvent.

Sans doute, aurait-elle préféré qu'elle fût simplement absente. Dans son esprit à elle, une absence suppose du provisoire. Un nom de dieu de retour. Que cette absence dure un mois, trois mois ou deux ans… Jamais du définitif. Elle aurait pu attendre.

Les jours de congé, elle se traine parfois dans la chambre de son père, de ses parents. De sa maman à elle plutôt. Mais à treize ans, elle ne se fait plus guère d'illusion, l'absente se plaisait bien au ciel. Elle pouvait se ronger les ongles, mordre ses lèvres, se vider les yeux de toutes les larmes d'Israël, sa mère s'en foutait... De toute façon, elle le savait bien que sa mère la détestait…

Charlotte,

Ce matin, je vais rejoindre Irina. Nos papas travaillent au domaine, pour les coupes. Ils préparent le bois de cheminée et en échange, ils en reçoivent une grosse moitié pour eux. Ils s'entendent vraiment bien. Une amitié soudée de peu de mots.

Son papa est un ancien allemand reconverti en légionnaire français qu'ils disent au village. Il a fait l'Algérie et aussi l'Indochine. Il a des cicatrices partout. Mais maintenant il est français pour de bon. Il a toujours plein d'histoires incroyables à raconter. Avec un accent pas possible qui en rajoute plein. Surtout s'il veut prendre notre accent.

Papa me déposera avec la fourgonnette de la poste.

....

Irina et moi, on aurait presque le même âge, mais je suis beaucoup plus grande. Sa maman devait être vachement petite parce que son père mesure quatre mètres de haut et doit bien peser trois-cents kilos. Un vrai malabar, mais trop gentil avec sa Nina. A Monoblet, tout le monde l'appelle le « légionnaire ». Il devrait s'en foutre mais il aurait préféré qu'on l'appelle Sasha. Papa dit que « Sasha » c'est un nom de fille. Tant pis, moi je l'appelle Sasha.

Sasha le magnifique, tellement il est beau. Dommage qu'il soit marié, je voulais bien attendre un peu...

Sa fille a eu un accident assez grave, il y a plus de trois ou quatre ans maintenant, et a dû se faire opérer à la tête.

Papa croyait qu'il allait acheter une moto du côté de Caen, dans le nord. Et il revient avec sa fille, trois mois plus tard.... Mais sans moto... C'est papa qui s'est occupé du domaine des Anglais pendant ce temps-là...

Suite à l'opération, Irina a perdu toute sa mémoire ou presque… Et quelques boulons aussi, dis papa… Toute sa vie précédant l'accident est passée aux oubliettes et, cerise sur le gâteau, elle ne parlait plus du tout. Elle n'a jamais voulu ou pu expliquer son accident.

C'est son papa qui est venu me demander de m'occuper un peu de sa Nina, comme il l'appelait... Quand j'aurai le temps. Si cela ne m'embêtait pas…Nina…Quel bête nom…

De lui montrer des jeux, de lui parler. Je n'étais pas trop d'accord. Mais je n'ai pas osé dire non, que je n'étais pas maîtresse d'école… Que sa fille me faisait peur avec ses crises de colère… Qu'elle n'était pas normale… Mais Sasha a de si beaux yeux… il a les mêmes yeux que mon grand-père, bleu et gris. Les couleurs de la mer à Dunkerque, qu'il dit mon Papy.

….

Pendant plus d'un an, elle est restée chez elle à apprendre à parler, à lire et à compter avec son père et surtout avec l'amie de son père, Graziella, que je déteste. Toujours collée à Sasha… Comme si j'allais lui piquer… Une femme avec de longs cheveux noirs qui parle plus italien que français. S'ils se prennent la tête sur l'orthographe d'un mot, la Graziella sort tous les noms d'oiseaux en italien et Sasha lui répond en Allemand. Ils crient un peu, puis rigolent.

La tour de Babel dans le cirque des cévennes. Irina au milieu, avec ses cahiers et ses cris, qui s'occupe du dressage des deux fauves.

….

Une vraie tête de pioche, cette gamine. Il m'a fallu presque deux mille ans pour entendre trois mots de suite. Au bout de deux phrases, elle tremblait comme une feuille. Crise d'angoisse, disait Sasha… Je devais alors lui prendre la main, la serrer bien fort, pour la calmer. Faire le silence, quelques instants, puis, très lentement, Irina relisait une ligne ou deux du livre, toujours dans le même stupide livre de fables, en reprenant bien sa respiration. Comme si elle allait se noyer.

....

Deux ans après, Irina parle presque normalement. Et parfois elle récite d'un seul coup un « le loup et l'agneau » de La Fontaine. Elle en connait une bonne vingtaine peut-être plus, qu'elle va rechercher dans le fond de sa tête. Comme si elle allait à la chasse aux canards à la kermesse d'Anduze. ....

Les deux amies aiment bien aller sur le ruisseau de Garonne ou sur le Crespenou pour essayer de bronzer. Elles ont découvert leur beau coin, leur plage de galets à elles seules, où il y a toujours un peu d'eau qui coule, même en juillet. En réalité, il n'y a que Charlotte qui va bronzer, Nina préfère rester à l'ombre. Au soleil, elle a vite mal aux yeux ou à la tête et devient alors aussi chiante qu'insupportable.

Les ouragans de l'adolescence sont en avance sur le calendrier. Les îles Monoblet peuvent déjà se mettre en alerte orange... Sasha va bientôt regretter le doux ronronnement des mitrailleuses MAG 42 dans la jungle indochinoise. Et les moustiques. Et surtout les parties d'échecs au calme sous la tente.

....

Charlotte s'est endormie. Hier, elle a travaillé à la boulangerie toute la journée. Elle rêve de son premier baiser enfariné, dans l'atelier, avec Julien. Son visage s'éclaire...

Irina l'a laissée dormir et a voulu marcher un peu.

Au croisement de la filature, elle retrouve son chien. Un croisé de chien de montagne et labrador avec des yeux couleur de miel qui vous vrillent la tête… C'est Irina qui dit « son chien ». Lui ne l'a jamais dit, mais il aime bien se promener avec elle.

Il l'attend souvent, près de l'église ou à la vieille filature… A croire qu'il devine toujours où va Irina… Un gros chien qui la guide ou la perd. Selon son humeur… ou l'odeur d'un gibier. Comme sur ce chemin des mines, entre Fressac et Durfort. En pleine brousse. Il s'est mis à courser on ne sait pas quoi… Abandonnant Irina au milieu des puits de mines, des trous de ventilations cachés par des broussailles, des ronces himalayennes et d'autres chiens, loups ou dinosaures errants. Elle a vraiment paniqué et sa pire crise d'angoisse est survenue…

Il n'est revenu que mille heures plus tard. Avec de la bave partout. Penaud… et repentant…

Le garde-chasse a remarqué, ce soir-là, une énorme moto qui roulait tous feux éteints sur le chemin des mines. Près de La Plaine, à la sortie de Durfort…

C'est lui qui l'a retrouvée à presque minuit dans les ruines d'un bâtiment industriel à l'abandon, près d'un ancien concasseur. Grosse bâtisse de briques rouges avec une moitié du toit au milieu de la forêt… Morte de froid et de peur. Le gros chien est resté avec elle toute la soirée pour la protéger, la réchauffer et japper de temps en temps. Lui dire qu'il ne partira plus, qu'elle ne doit plus pleurer, qu'il est là maintenant… Et lui lécher la figure et ses larmes… Elle trouve cela crado, mais le laisse faire…

Irina,

De nouveau, excursion à Marseille. A l'hôpital de la Timone, pour des examens. Ils veulent savoir. Moi, je ne suis pas pressée de savoir. Savoir quoi, d'ailleurs ? Si j'étais vraiment folle ?... Je le sais déjà que je suis à la masse, comme dit Charlotte… A l'ouest… Elle me le dit assez souvent… Je suis au courant, maintenant… Pas besoin de l'écrire…

Je suis devant, avec Graziella qui conduit la deuche. Normal, maintenant c'est elle la patronne. Sasha garde Lisa à la maison. Sa Lisa-chérie… Lisa est la seconde cheffe… D'ailleurs, depuis qu'elle est là, il n'y en a plus que pour elle. Lisa par ci, Lisa par là… Lisa, tu n'as pas faim ?.. Lisa, tu n'as pas froid ?...

Pour Sasha, je ne compte plus. Ou presque plus. En tout cas, mille fois moins que sa Lisa. J'en crève… Quelle idée d'avoir un gosse à leurs âges… Ils avaient bien assez avec moi, quand même…

Quand elle était bébé, la nuit, il m'arrivait d'aller la pincer dans son lit pour qu'elle hurle et réveille son papa chéri, qui n'en a que pour elle… Je crois qu'il devient un peu gaga…

C'est trop bizarre. Je la déteste et je l'adore en même temps… Parfois, je la prenais dans mon lit le matin pour la gâter… Charlotte a raison. Je suis vraiment à la masse…

…

Comme la dernière fois, Graziella en a profité pour faire un « petit » coucou à Francine. On a dormi deux nuits sur le « Perle d'Orient ». Resto sur le port avec crabe et grosses crevettes roses. Les deux femmes bien bu… Francine a dû tenir Graziella pour « escalader » la petite passerelle du bateau… J'ai bien cru les voir toutes les deux dans la flotte… Mais cela ne les a pas calmés… Moi, je suis partie dormir dans notre cabine à Sasha et à moi... Elles, elles se sont levées à presque onze heures. On a rendez-vous à onze heures... Graziella m'a fait promettre de ne rien dire à Sasha. Qu'il ne fasse surtout pas son jaloux pour rien, les hommes sont tellement bêtes, qu'elle m'a dit....

« Pour rien, pour rien », c'est vite dit... Elles avaient quand même pas mal de cernes sous les yeux....

....

Puis, il y a eu ces fameux examens. Interminables, comme ces couloirs. Et toutes ces portes qui s'ouvrent et qui se ferment sur d'autres couloirs. Couloirs sans fin qui sentent comme à la pharmacie d'Anduze, l'encaustique, les seringues. Qui sentent les morts déjà morts et ceux qui ne le sont pas encore... Et puis ce chariot de la cantine qui couine de détresse pour apporter boulettes de viande hachée et purée de tomates acides à tous ces agonisants....

De la petite salle d'attente, je regarde passer tout cet ennui... Graziella me tient la main. Comme si j'allais m'échapper de ce cirque...

....

Enfin le moment est venu de passer dans leurs nouvelles machines, au « scan », comme ils disent prétentieusement. Je me demande pourquoi je dois me déshabiller complètement, enfiler une blouse verte toute rikiki, qui ne ferme pas bien et montre mes fesses, tout cela, pour me faire une radio de ma tête.

A la sortie de la salle, Graziella a les yeux rougis et me tient toujours la main. Emotions ou souvenirs du limoncello de la veille ?... Je m'en fous, elle est si douce... Moi, je me suis presque endormie dans leur machine. Et tous ces chuchotements, ces silences, ces non-dits qui disent tout et rien....

Chapitre 17

« Le président de la République est gardien de notre constitution. Pendant ce temps-là, il n'est pas au bistrot... »

Pierre Desproges

Ales, samedi 31 octobre 1972,

Les heures de visites sont terminées depuis plus de vingt minutes. Irina se repose enfin, son Tom, enfin, rien que pour elle. Elle ne l'a pas pesé avant la tétée, il boit toujours comme un perdu et n'a vraiment pas besoin de biberon de complément. Pourtant, l'infirmière le dépose sur la table de chevet...

Cet après-midi, ils ont reçu la visite de Graziella et de Lisa. Celle-ci est trop gentille mais un peu pompante à toujours vouloir son Petit-Tom dans ses bras. Irina tique un peu...Lisa du haut de ses sept ans est une copie de Graziella... Aussi jolie, elle en a ses cheveux et le teint de la méditerranée et en plus, elle a les yeux de Sasha. Petit-Tom est fou-fou dans ses bras. La maman de Tom a toujours ces carpaccios de jalousie à portée de ses ongles, de ses griffes...

....

Graziella ne lui en veut plus trop d'être partie vivre à Nîmes toute seule. De les avoir abandonnés, comme elle dit... Il faut dire que depuis la naissance de Lisa, la tension grimpait trop vite dans le rouge... Avec crises de larmes ou de colère... Leur Nina pouvait de moins en moins partager sa Graziella avec l'intruse. Ni les câlins, ni les baisers.... Seulement sa mauvaise humeur et ses crises de jalousie. Sasha, seul, arrivait à la faire sourire devant un échiquier, ou lors d'une sortie en moto dans les campagnes de Pompignan. Irina sur la Norton et Sasha en BMW... Où le diable peut-il parfois se cacher ??? Ou bien quand Mathias et Jeanine venait à Monoblet avec leur Providence. Irina ne lâchait plus sa filleule d'un œil... Une vraie petite mère...

Puis ses crises revenaient... Gelées d'avril sur les boutons de rosiers au printemps... Pour mieux les brûler...

Alors, quand elle a rencontré ce beau voyou qui parlait si bien, elle n'a pas résisté... Lui, joue du piano dans un bar, derrière le Carré à Nîmes, et elle, vend des nippes chez Tati... Sasha les a aidés pour les loyers, remplir le petit frigo. Les yeux rougis... Les mains vides et ballantes de tristesse d'avoir perdu sa fille à lui tout seul...

....

Petit Tom boit maintenant avec avidité, vautré dans les bras d'Irina. Pour s'arrêter brusquement de téter. Le lait lui coule de la bouche.

Irina croit qu'il s'est endormi, mais non, ses petits yeux sont bien ouverts, inquiets. Elle sent son cœur battre à tout rompre et il a chaud. Elle lui passe les doigts sur le front...

-Bonjour Irina... Comment vas-tu ? Depuis le temps...

-...

Irina a les yeux grands ouverts, au bord de la crise de nerfs, elle rit et pleure à la fois.

C'est Louise qui est là, sa Louise. Elle est là. Assise sur le bord du lit... Tout occupée avec Tom, elle n'avait rien entendu....

Irina voudrait hurler, mais tout lui reste dans la gorge, comme si sa langue n'était plus là, soudée dans le fond de sa gorge. Les mots n'en veulent plus… C'est trop… Seules les larmes peuvent sortir…

-J'ai pensé que cela te ferait plaisir de retrouver ta vieille copine Louise. Tu as le droit de parler, tu sais…Plutôt que de me regarder comme si j'étais le diable. Avec un air idiot en plus.

-…

-Et ta Sylvie, tu t'en souviens quand même de ta Sylvie… ??

Louise se tait un instant, regarde Irina et son Tom, ses yeux se brouillent, son cœur se tord en extirpant la poupée de chiffon de son sac... Elle lui donne une dernière bise et la pose doucement à côté du gamin qui se remet à téter comme un goinfre qu'il est.

…

Irina,

Ma Louise est là, et elle me caresse le bras, la joue, les yeux, mes cheveux. Ce n'est pas une vision. Je ne peux pas le croire et pourtant ce soir je peux lui prendre la main, elle est douce et je la pose sur ma joue. Ce souvenir a le goût d'un flan caramel encore chaud, le goût de la tendresse et d'une petite maison au bord de l'eau…

D'autres visions arrivent ensuite. Plus heurtées, moins douces. Une chambrette, en sous-pente donnant sur une plage de sable gris. Glaciale en hiver. Etouffante en été… Le chambard des plaques ondulées sur le toit, quand le vent donnait et les soulevait. Le gel sur les vitres qui dessinait des trop jolies fleurs toutes blanches. Vitres qui tenaient avec des petits clous. Et qui tremblotaient…

Les draps humides dans lesquels je m'enroulais avec Sylvie, quand j'avais peur. Quand j'entendais les escaliers craquer, la porte frotter…

Un bain, plein de mousse, dans une autre maison, une vraie maison avec une belle cuisine et une vraie salle de bain à l'étage… Une grande fille que je ne reconnais pas… Le goûter avec du pain frais et du chocolat chaud. Son rire… C'était mon amie à l'école…

Entassés pêlemêle dans mes souvenirs, des fils à linge, un drap tendu, des cris et des gifles… Une gamine pliée à terre dans un coin de la cuisine à attendre qu'il se calme… Qui protège sa Sylvie comme elle peut… Une femme qui regarde en fumant…

Dans l'atelier de la laiterie, où cette même femme travaille, un gros chien gris qui se laisse faire, si je l'embête. Quand je me vautre dans ses pattes. Ou que je lui tire les poils. Il sent le mouillé et a le même regard que le chien de Monoblet. La femme à la cigarette ne le voit pas.

….

Ma tête se rempli de toutes ces fureurs, de ces bruits, de douceurs aussi. Louise m'observe. Ses yeux ne sont plus que petites étincelles qui me remplissent de toutes ces visions oubliées. J'ai peur. J'ai peur d'en savoir trop.

Louise en me remplissant de mon passé, me vide de mon futur, de notre futur à Petit-Tom et à moi. Je le sais … Ce passé dévastateur est venu pour le broyer, l'écraser. Je voudrais que Louise arrête… Qu'elle nous laisse en paix… Qu'elle nous laisse un peu de futur…

Louise me serre le bras, je sens ses ongles sur l'articulation de mon poignet, à l'endroit où Mathias me prenait les pulsations. Elle plante ses yeux dans les miens. Elle continue à me déverser tout mon barda, tout mon brol à moi. Ou est-ce moi qui vais les chercher ? Je crève de mal à la tête…. Le sang cogne sourdement dans ma tête. Je vois tout en brouillé.

….

Certaines angoisses, odeurs ou frissons, étaient réapparus bien avant que Louise ne vienne. Ils ont alors été entassés dans de petites caisses, pour être enfouies ou jetées dans des ravines schisteuses lors de promenades avec « mon » chien. Certaines se cachent, encore aujourd'hui dans le donjon du château fantôme au-dessus de Fressac. D'autres ont été noyés dans le Crespenou, pas loin de notre beau lieu, à Charlotte et à moi, avec plein de gros galets dessus.

….

Remplir une petite manne, avec tout ce que je veux garder. Et une très grosse manne pour le reste. Ne jamais pouvoir revenir trifouiller dans cette énorme manne, qui sera ensevelie sous les tonnes de déchet des autres. Ce serait l'idéal. Que tout se mélange, se décompose ensemble. Lentement.

J'irai avec Sasha à la décharge. Lui, il connait bien la décharge aux angoisses, avec les fameux bacs pour les encombrantes fureurs. Bacs où on ne peut pas tout mettre, mais où l'on jette tout, quand même. En cachette. Que le gardien de ce cimetière-mausolée ne puisse rien en savoir.

….

Il n'y a pas dix minutes que Louise est partie et déjà, elle me manque. Je voudrais qu'elle m'explique… Elle sait tout et ne m'a rien dit. Ou si peu… Elle avait la voix étranglée… Et pourquoi pleurait-elle en sortant de la chambre ?... Elle est revenue pour m'étouffer dans ses bras... Avant de prendre Petit Tom pour l'inonder de câlins et de larmes, en riant… Ce qui l'a réveillé, d'ailleurs…

Et personne pour la houspiller, la mettre dehors comme hier pour Sasha…

….

De la fenêtre ouverte, j'entends des orages qui roulent dans les cévennes. Et ce ronflement de moteur, ce cliquetis de soupapes assourdi par les vents… Mon ventre se tord… Je pense à Lisa… J'ai toujours eu peur des orages… Lisa aussi, elle venait alors se cacher dans mon lit pour ne pas l'entendre, se tournebouler dans mes bras… Ces soirs -là, je lui pardonnais tout….

Comment Petit-Tom a-t-il senti l'arrivée de la visiteuse ? Des deux visiteuses. Parce que c'est certain, Tom a ressenti leurs présences. Contrairement aux infirmières de l'étage. Les heures de visites sont largement dépassées, pourtant Louise et Sylvie n'ont eu aucun embarras pour venir. Hier soir, même Sasha n'a pas pu négocier, forcer leur barrage pour rester cinq minutes de plus. A croire que Louise sait se faire discrète, invisible. Moi-même, je n'ai pas entendu ou vu la porte de la chambre s'ouvrir.

….

L'orage a enfin éclaté. De grandes rafales poussent les fenêtres de la chambre. Voudraient les ouvrir… Les arracher des murs… Irina serre son Tom et Sylvie dans son lit… Elle a reconnu le bruit du moteur qui bougonne dehors, son cliquetis…

Qu'elle ne vienne pas les chercher eux aussi… Pas mon gamin, pas Sylvie…

On entend au loin les roulements du tonnerre, pareils aux ronflements d'une boule de bowling sur un parquet. Suivi d'un long déchirement. Le sol de la chambre a tremblé. La fenêtre a craqué brutalement. Petit-Tom, non plus, n'aime pas les orages, il se plaque contre le sein de sa mère.

Un éclair vient de toucher un pylône haute tension sur les hauteurs. Près des mines, sans doute. A moins de cent mètres. Irina veut compter les secondes entre l'éclair et le coup de tonnerre… C'est Sasha qui lui a appris cela. Une seconde par kilomètre… Elle n'a pas eu le temp de compter…

….

Dans la boite à fusibles de l'hôpital, les trois disjoncteurs principaux de 400 volts ont sauté à la suite de l'explosion du gros condensateur d'un lave-linge. La foudre n'est pas tombée bien loin…

Un petit incendie se déclare dans la lingerie, qui est aussi le local technique. Le circuit de détection incendie est aussi improbable qu'inefficace. La réserve des bouteilles d'oxygène est à côté de la lingerie. Tout cela devait être rénové cette année… Paraît-il… Remis aux normes incendies. Trois ans que l'on attend… Les rapports des pompiers prennent la poussière dans le tiroir d'un bureau de la direction…

Mais il n'y a plus de sous pour ces tracasseries. Il en restait juste assez pour la Jaguar type E du directeur technique. Avec les sièges en cuir blanc. En été, c'est tellement indispensable.

Il n'y a aucune porte coupe-feu digne de ce nom, non plus. Il est maintenant presque sept heures du soir, la clinique est quasiment plongée dans le noir. Les flammes et la fumée qui ont envahi les caves sont maintenant au bas des escaliers encore en bois de châtaigner. Tout comme les planchers magnifiquement cirés et gorgés d'encaustique. Le personnel technique est parti depuis longtemps. Il n'y a personne pour remonter le disjoncteur de l'éclairage de secours. Nul ne sait où se trouve ce fameux disjoncteur d'ailleurs… Tout le monde crie…

….

C'est dans le havresac militaire de Sasha, transformé en « couffin-boite à sardines », qu'Irina a enfourné le pauvre Petit-Tom et Sylvie. Tous les deux bien calés par des oreillers et protégés par un drap de lit bien mouillé. Courir au fond du couloir vers la porte-fenêtre qui donne sur l'escalier de secours. Irina a dû briser le carreau de la porte vitrée avec un pied à perfusion. Il y a du verre partout, Irina se blesse le talon dessus…

La fumée se glisse partout, Irina tousse, sa tête tourne et bourdonne comme une toupie… Maintenant il y a deux étages à descendre sans rien se casser et surtout sans perdre le précieux couffin…

Ce n'est pas un escalier de secours mais une saloperie d'échelle métallique genre casse-gueule… Il pleut à verse, l'échelle est froide, étroite et mouillée. Elle n'y voit plus rien et crève de mal à la tête. Les fumées sans doute… Elle veut desserrer le torchon mouillé qu'elle a noué sur son visage, pour respirer un peu... Son pied glisse sur l'échelle, la chute est inévitable, brutale… Un des échelons vient maladroitement heurter la nuque d'Irina…

….

De l'autre côté, devant l'entrée de l'hôpital, un attroupement s'est formé. On crie, on hurle. On attend les pompiers. Personne n'a assisté à la chute d'Irina et de Tom… Et de Sylvie…

Personne, non plus, n'a remarqué cette ambulance qui manœuvre difficilement pour sortir du parking… Un vieux modèle d'ambulance Cadillac. Une bande à damiers noire et blanche collée sur les flancs a remplacé la Croix-Rouge. Le géant qui conduit a, ce soir, une casquette des pompiers de New-York vissée sur la tête. Le « Yellow Cab » a déjà démarré.

Sur la nationale 106, il est déjà à l'assaut du pont du Gard, quand Louise, en levant les yeux voit Sylvie agrippée au rétroviseur. Une jolie croix de Malte se balançant mollement à son cou. Irina l'avait pourtant passée autour du cou de Tom avant d'enfourner celui-ci dans le sac… Petit Tom en aura plus besoin que moi, maintenant… a-t-elle dit…

….

Le trop plein d'émotion coule sur les joues de Louise. Elle a la mâchoire bloquée… voudrait crier… Marie-Miséricorde le lui avait dit… Elle n'a pas voulu la croire... Elle espérait encore l'impossible… Louise regrette, mais c'est trop tard. Elle n'aurait pas dû accepter… Marie-Miséricorde ne lui a pas laissé le choix… Elle, non plus, n'a plus eu le choix d'ailleurs... Elle aussi doit obéir…

Une moto de grosse cylindrée vient de les dépasser à une vitesse de dingue. Louise a eu le temp de la reconnaitre avec sa passagère amoureusement collée à sa taille… Que par pitié, cette fois-ci, Marie-Miséricorde ne parte plus sans elle… Irina se retourne. Elle sourit. Elle est radieuse, solaire… Délivrée de ses tempêtes… Délivrée de sa vie…

Puis, dans l'ambulance, il y a le regard si doux de Tom… Tom qui rouspète, Tom qui a faim, Tom qui est trempé comme une soupe… Louise a deux biberons déjà préparés qui se réchauffent sur le désembuage du pare-brise. Pour le changer et le nourrir, elle va à l'arrière de l'ambulance…

Louise apprend son nouveau métier de mère… Parce que c'est de cela qu'il s'agit… Elle sèche ses larmes… En biberonnant le gamin, elle sourit enfin… Tom a la mine boudeuse d'Irina, la douceur et les yeux d'Irina. Les doigts de Louise roulent sur son front, puis un petit baiser lui claque le nez... Louise sera une vraie maman pour Tom… C'est certain…

Un peu empoisonnante, mais si gentille…

Le grand black, lui, roule moins vite et a retiré sa bête casquette pour se moucher… Lui aussi a les yeux tout rouges… Lui non plus, n'a pas eu son mot à dire…

Le lendemain, à l'aube, il ne reste rien ou presque de la toiture du petit hôpital… Le service de maternité, au deuxième est entièrement dévasté… Il ne reste que les carcasses métalliques des lits, toutes tordues et retrouvées au premier étage… Les planchers n'ont pas résisté et se sont effondrés…

Les experts et les pompiers ont estimé à dix-huit, le nombre de disparus. Tom et Irina Bauer en font partie… Ils ont oublié Sylvie dans leur liste…

Printed in Great Britain
by Amazon